붕정대연가

붕정대연가(鵬程大戀歌) 13

임영기 新무협 판타지 소설

초판 1쇄 찍은 날 § 2021년 12월 17일
초판 1쇄 펴낸 날 § 2021년 12월 24일

지은이 § 임영기
펴낸이 § 서경석

총괄팀장 § 황창선
편집책임 § 김우진
디자인 § 스튜디오 이너스

펴낸곳 § 도서출판 청어람
등록번호 § 제387-1999-000006호
등록일자 § 1999. 5. 31
어람번호 § 제2-2896호

주소 § 경기도 부천시 부일로 483번길 40 서경B/D 3F (우) 14640
전화 § 032-656-4452 팩스 § 032-656-4453
http://www.chungeoram.com
E-mail § chungeorambook@daum.net

ISBN 979-11-04-92403-3 04810
ISBN 979-11-04-92299-2 (세트)

도서출판 청어람

13

임영기 新 무협 판타지 소설

Cover illust A4

붕정대연가

FANTASTIC ORIENTAL HEROES

붕정대연가

목차

第百三十一章

해웅방

절강성 평호현으로 진검룡이 들어섰다.

진검룡은 민수림, 부옥령, 손록과 함께 평호현 번화가의 어느 주루로 들어갔다.

남창에 처리할 일들이 있지만 부친을 만나보는 것이 급해서 그곳의 일은 총당주 풍건과 영웅장로 정천영, 태동화, 그리고 영웅문 남창지부 지부주인 권부익, 장차 생길 영웅십관문을 총괄하게 될 청검원의 원주 당재원 등이 상의해서 처리하라고 지시했다.

천추각의 일은 영웅문에서 처리해야 하므로 천추태후 당하선과 정천영이 진검룡을 따라 항주로 왔다.

차륵…….

“드시지요.”

손록이 주루 입구의 주렴을 걷었다.

진검룡을 필두로 민수림과 부옥령이 들어가고 손록이 맨 뒤에 따랐다.

평호현에 손록이 같이 온 이유는 진검룡 부친이 있는 해웅방에 대해서 그가 잘 알기 때문이다.

진검룡 일행은 누가 보더라도 단번에 시선을 사로잡혔다.

주루 일 층 실내의 모든 사람들이 진검룡 일행, 정확하게 말하자면 민수림과 부옥령을 쳐다보면서 탄성을 터뜨리느라 한바탕 난리 법석이 벌어졌다.

하지만 정작 당사자인 민수림과 부옥령은 이런 일에는 신경도 쓰지 않았다.

그때 누군가 앞으로 나서더니 손록에게 굽실 허리를 굽히며 인사했다.

“어서 오십시오, 방주.”

“오! 기다렸나?”

손록은 환하게 미소 지으면서 황의 경장을 입은 장한의 어깨에 손을 얹었다.

손록은 진검룡 등에게 장한을 소개했다.

“이 친구가 해웅방에 있습니다.”

장한은 과거에 손록을 몇 번 본 적이 있지만 절대로 이런 모습이 아니었다.

예전의 손록은 오만방자하고 안하무인인 데다 난폭하고 거칠어서 사람들이 다 두려워하고 가까이하기를 꺼렸다.

그런데 지금의 손록에게서 예전의 그런 점들은 눈을 씻고 찾아도 보이지 않았다.

오히려 잔잔하고 온화한 미소를 지으면서 장한의 어깨를 가볍게 두드리는데 얼굴에는 진심이 넘쳐나고 있다.

장한은 해웅방 다섯 명의 당주 중 한 명이며 예전부터 손록의 끄나풀 역할을 했었다.

그 당시에는 오룡방이 항주를 중심으로 인근 삼백여 리 일대의 패자였으므로 각 현의 방파와 문파에 첩자 비슷한 끄나풀을 한 명씩 심어두고 있었다.

장한의 이름은 방교(方郊)이며 사십이 세로 해웅방 철기당(鐵騎堂) 당주의 신분이다.

진검룡 일행은 장한 방교가 미리 잡아둔 이 층의 객방으로 들어갔다.

방교는 진검룡과 민수림, 부옥령이 누군지 몰라 자꾸 힐끗거렸다.

진검룡과 민수림, 부옥령 세 사람 즉, 영웅삼신수는 워낙 신출귀몰하고 영웅문 내에서도 측근들만 얼굴을 알고 있는 편이라서 외부인들은 알아보기 어려웠다.

손록은 자신의 옆에 앉은 방교에게 넌지시 지나가는 말로 물었다.

"해웅방은 요즘 어떤가?"

방교는 고개를 절레절레 가로저었다.

"말도 마십시오. 매우 어렵습니다."

"어째서 그런가?"

"일거리가 없으니 당연한 거 아니겠습니까?"

손록은 고개를 끄떡이고 나서 진검룡에게 공손히 말했다.

"해웅방은 배를 삼십여 척 보유하고 있으며 화물을 운송하는 것을 업으로 삼고 있습니다."

진검룡이 가볍게 고개를 끄떡이자 손록이 본론을 꺼냈다.

"자네 동료 중에 진도제라고 있지?"

"진 형 말씀이십니까? 잘 압니다."

"그 사람 신상에 대해서 알고 있나?"

방교는 미간을 좁혔다.

"진 형은 워낙 과묵한 친구라 알려진 바가 별로 없지만 저하고는 막역한 사이라서 다른 사람이라면 몰라도 저만큼은 잘 알고 있습니다."

손록은 고개를 끄떡였다.

"아는 대로 말해보게."

그때 두 명의 점소이가 요리와 술을 갖고 들어와서 대화가 끊어졌다.

향긋하고 구수한 냄새가 실내에 자욱해지자 부옥령이 잔에 술을 부어 진검룡과 민수림에게 주었다.

방교는 손록이 따라준 술잔을 공손히 받고는 의아한 표정으로 물었다.

“그런데 진 형에 대해서는 왜 묻는 겁니까?”

“아… 그 사람에게 뭘 좀 맡기려고 하는데 그러기 전에 그에 대해서 좀 알려는 걸세.”

방교는 눈을 빛냈다.

“무엇을 맡기려는 것입니까?”

그는 사냥개처럼 굴었다. 진도제에게 좋은 일을 맡기려는 것이라면 자신에게도 좀 나눠주면 안 되느냐는 것이다.

예전 같으면 손록이 호통을 쳤겠으나 지금은 빙그레 웃으면서 말했다.

“그 사람에게 일을 맡기게 되면 자네에게도 같은 일을 줄 테니 염려하지 말게.”

“뭘 그렇게까지…….”

말은 그렇게 하면서도 방교는 좋아서 입이 함지박처럼 크게 벌어졌다.

“진 형은 나이가 저보다 두 살 많은 사십오 세입니다. 혼인을 했고 자식이 셋입니다. 딸 둘에 아들 하나, 부인은 다섯 살 차이로 올해 사십 세입니다.”

진도제가 혼인을 했다는 말이 나오자 부옥령은 반사적으로 진검룡의 얼굴을 쳐다보았다.

아니나 다를까 진검룡의 얼굴은 확 찌푸려져 있었다. 부친이 혼인을 했다니까 불쾌해진 것이다.

[주인님…….]

부옥령은 진검룡에게 부드럽게 전음을 보냈다.

[아버님 연세가 사십오 세예요. 그동안 혼인하신 것은 당연한 일이에요.]

부옥령의 말이 맞다. 남자가 사십오 세까지 살면서 혼인을 하지 않았다면 그게 오히려 이상한 일이다.

그러나 진검룡이 불쾌한 이유는 자신과 어머니가 있는데도 그가 혼인을 했다는 사실이다.

만약 진도제가 혼인을 한 상태에서 진검룡 어머니를 만났다면 그가 바람을 피운 것이다.

반대로 어머니와 결혼해 아들을 낳은 후에 지금의 아내를 만났다면 그 역시 본처와 자식을 외면한 파락호 같은 행동이다.

진검룡의 내심을 짐작한 부옥령이 이번에는 방교에게 직접 물었다.

"그의 자식 중 맏이가 몇 살이냐?"

방교는 십칠 세 정도로밖에 보이지 않는 부옥령이 대뜸 하대를 하자 노골적으로 기분 나쁜 표정을 지었다.

그런 기미를 알아챈 손록이 부옥령에게 공손히 말했다.

"제가 알아보겠습니다."

손록은 방교에게 꾸짖듯 말했다.

"방금 소저께서 하문하신 말씀을 들었는가?"

"아… 네……."

방교는 손록이 부옥령에게 최대한 공손하게 대하자 찔끔해서 감히 함부로 굴지 못했다.

"진 형 큰딸이 올해 십구 세입니다. 둘째 딸은 십칠 세이고 막내아들이 십이 세입니다."

큰딸이 십구 세라면 진검룡보다 두 살 아래다. 그렇다면 진검룡 어머니가 항주에서 온갖 고생을 하면서 아들을 키우고 있을 때 진도제는 다른 여자와 혼인을 하여 첫딸을 낳았다는 얘기가 된다.

아들까지 낳은 자신의 아내를 버리고 다른 여자와 혼인을 하다니 진도제는 누가 보더라도 돼먹지 못한 인간이다.

분노한 진검룡이 자리를 박차고 일어나려는데 민수림이 손으로 그의 허벅지를 지그시 눌러서 만류했다.

민수림은 아무 말도 하지 않았지만 진검룡은 그녀의 뜻을 짐작했다.

경거망동하지 말고 일의 전말을 자세히 알아보고 나서 화를 내도 늦지 않다는 것이다.

"음……."

진검룡은 화를 삭이느라 묵직한 신음을 뱉어냈다.

손록은 진도제가 진검룡의 부친이라는 사실을 모른 채 여기까지 따라왔다.

진검룡은 그런 일을 손록에게 미주알고주알 설명하고 싶지 않았다. 알게 될 때가 오면 자연스럽게 알라는 것이다.

부옥령이 불쑥 물었다.

"그에게 형제는 있느냐?"

방교는 이번에는 발작하지 않고 공손히 대답했다.

"남창에 형제들이 살고 있다는 말을 들었습니다."

그렇다면 해웅방에 당주로 있는 진도제가 진운하, 진청하의 큰형이 맞다.

방교가 앞장서서 진검룡 일행을 해웅방으로 안내했다.

"미리 연락을 했으면 방주가 직접 영접하러 나올 텐데 어째서 연락을 못 하게 하셨는지 모르겠습니다."

방교는 해웅방 전문 앞에 이르러서 중얼거렸다.

전문은 굳게 닫혀 있었다. 예전에는 활짝 열려 있어서 운송할 화물을 실은 수레와 마차들이 쉴 새 없이 드나들며 활기가 넘쳐 있었다.

해웅방 뒤편에는 제법 큰 포구가 있으며 그곳에 크고 작은 배 삼십여 척이 정박해 있다.

포구 앞쪽은 확 트인 바다이며 해웅방의 배들이 동서남북으로 누비고 다녔었다.

방교가 전문을 두드리려고 하자 손록이 말했다.

"다른 문 없나?"

방교는 오른쪽 바다를 끼고 길게 뻗은 담을 가리켰다.

"담 뒤에 포구가 있습니다만……."

"그리 가세."

손록의 말이 떨어지기 무섭게 진검룡 등이 그곳을 향해 성큼성큼 걸어갔다.

어리둥절하던 방교가 급히 뒤따랐다.

"제가 안내하겠습니다……!"

바다 쪽으로 탁 트인 뒤편에는 포구에 수십 척의 배들이 정박해 있을 뿐 담이 없었다.

"일거리가 없으니까 돈이 전혀 돌지 않습니다. 우리도 녹봉을 받지 못한 지가 서너 달이나 됩니다."

포구를 통해서 해웅방 안으로 걸어가며 방교가 설명했다.

해웅방은 십오륙 채의 전각들이 여기저기 흩어져 있으며 드문드문 사람이 다니는 모습이 보일 뿐 한적했다.

"서너 달 전까지만 해도 본방 총인원이 이백오십여 명이었는데 지금은 백여 명뿐입니다. 한동안 쉬라고 백오십여 명이나 내보냈습니다."

손록은 해웅방이 어째서 일거리가 없는지 짐작했지만 진검룡이 알게 하려고 방교에게 물었다.

"어째서 일거리가 없는 겐가?"

방교는 물어보기를 기다렸다는 듯 떠벌렸다.

"왜긴요? 다 아시면서… 방주께서 일거리를 주시지 않으니까 그렇지요. 더구나 십엽루에서의 일거리까지 완전히 뚝 끊어졌다니까요."

"그런가?"

영웅문이 오룡방과 십엽루를 비롯한 항주와 절강성의 굵직한 방파, 문파들을 흡수하고 운송업을 자체적으로 해결하기 시작했기 때문에 일거리가 끊어진 것은 당연했다.

방교는 주먹을 흔들면서 울분을 토했다.

"이건 영웅문이 너무한 겁니다. 다른 방파와 문파들을 고루 챙기면서 어째서 운송업을 하는 방파와 문파들은 무시하는 겁니까?"

영웅문은 서로 상생하자는 의도로 대부분의 방파와 문파들에게 예전보다 몇 배 많은 일거리를 주고 있는데 그중 운송업이 빠진 모양이다.

"방주, 그게 혹시 영웅문주의 명령입니까?"

"뭐가 말인가?"

"본방에 일거리를 주지 않는 것 말입니다."

"하하하하!"

손록은 어이가 없어서 웃음을 터뜨렸다.

그러고 나서 얼굴을 붉히며 진검룡에게 공손히 허리를 굽혔다.

"죄송합니다."

해웅방주의 집무실이나 거처에 방주는 없었다.

일거리라도 찾아보려고 나갔다는데 언제 돌아올지 기약이 없다고 한다.

방교는 방주가 어디로 갔는지 알아보겠다고 나가서는 돌아오지 않고 있다.

접객실에 우두커니 앉아 있던 진검룡이 이윽고 일어났다.

"나가자."

*　　　*　　　*

진도제는 오늘 출근하지 않았다고 해서 진검룡은 해웅방 밖으로 나와 그의 집으로 향했다.

해웅방은 백여 명밖에 남지 않았는데도 출근하는 사람이 거의 없다. 출근을 해봤자 할 일이 없기 때문이다.

방교가 길을 안내했는데 평호현 외곽의 어느 운하가와 비슷한 규모의 집들이 즐비한 곳이다.

가옥의 규모로 봐서 중산층이 모여 사는 곳 같았다.

마을을 가로지르는 운하에는 큰 돌을 쌓은 축대가 높고 길게 뻗어 있었으며 축대 위에 있는 길가에 진도제의 집이 있었다.

"저 집입니다."

방교가 어떤 집을 손으로 가리키자 손록이 가보라고 턱짓을 해 보였다.

손록이 혼자 집에 들어간 동안 진검룡은 집을 등지고 운하를 굽어보았다.

진검룡은 부친이 다른 여자와 혼인을 해서 살고 있는 집을 보고 싶지가 않았다.

그런데도 이곳에 온 이유는 부친을 만나보기 위해서다. 출근을 하지 않아 집에 찾아가야지만 만날 수 있을 것이기 때문이다.

진검룡과 민수림, 부옥령이 나란히 서 있는 축대 아래에는 여러 척의 배들이 조롱조롱 묶여 있으며 두 자 정도 돌출된 턱이 있었다. 그곳에 아이들이 앉아서 운하에 낚싯대를 드리우고 있는 광경이 한가롭게 보였다.

민수림과 부옥령은 아무 말도 하지 않고 침묵을 지켰다. 이럴 때는 위로랍시고 수다스럽게 여러 말 하는 것보다 침묵하는 것이 좋다는 것을 알고 있기 때문이다.

진검룡의 생각이 복잡할 텐데 그녀들이 말을 덧붙이면 그의 머리만 더 복잡해질 것이다.

그때 축대 아래쪽이 갑자기 시끄러워졌다. 고만고만한 아이들이 돌출된 턱에 앉아서 낚시를 하고 있는데 어느 한 아이가 물고기를 낚은 모양이다.

그 아이가 잡은 물고기는 그리 크지 않고 기껏해야 손가락만 한 크기였다.

그런데도 물고기를 잡은 아이는 의기양양하고 다른 아이들은 몹시 부러운 표정으로 바라보았다.

진검룡이 뒤돌아보니까 부친의 집에 들어간 방교는 아직 나오지 않고 있다. 얘기가 길어지는 모양이다.

잠시 후에 또 다른 아이가 물고기를 잡았는데 그 역시 굵기도 길이도 딱 손가락만 한 것이다.

아이들은 일제히 와아! 하며 환호성을 터뜨리며 기뻐했다.

운하의 폭은 십오 장 정도이며 꽤 많은 배들이 물살을 가르면서 오가고 있었다.

진검룡이 평호현에 들어서서 보니까 강과 운하들이 얽히고설켜서 매우 복잡했다.

일 각여 동안 다섯 아이들 중에서 네 명의 아이는 드문드문 물고기를 잡는데 왼쪽 맨 끝에 앉아서 낚시하는 아이만 한 마리도 잡지 못했다.

진검룡은 방교를 기다리는 동안 아이들이 낚시하는 광경을 유심히 지켜보았다.

진검룡은 자신이 살았던 항주 서호변의 집에서 틈만 나면 낚시를 했으며 낚시를 할 때마다 광주리가 터지도록 많이 잡았었다.

낚시의 달인이라고 할 수 있는 그가 지켜봤을 때 아이들이 낚시하는 수법은 어설프기 짝이 없었다.

저런 식으로 하는데도 물고기가 잡힌다는 사실이 그저 신기할 따름이다.

오른쪽 네 명의 아이는 그래도 물고기를 두세 마리 잡은 모양인데 진검룡 바로 아래쪽의 아이는 한 마리도 잡지 못한 채 풀 죽은 모습이다.

진검룡은 아이에게 조용한 목소리로 전음을 보냈다.

[꼬마야, 그렇게 해서는 하루 종일 있어 봐야 물고기를 한 마리도 못 잡을 것이다.]

아이는 두리번거리다가 고개를 한껏 돌려서 위를 올려다보고서야 진검룡을 발견했다.

[낚싯대를 갖고 이리 올라오너라.]

아이는 즉시 낚싯대를 거두고 돌계단을 나는 듯이 달려 올라왔다.

열 살 남짓 돼 보이는 아이는 마른 편이고 키가 조금 큰데 꽤나 잘생긴 용모다.

아이가 진검룡의 말을 듣는 즉시 달려온 이유는 아마도 다른 아이들은 물고기를 잘 잡고 있는데 자신만 못 잡고 있기 때문일 것이다.

"낚싯대 이리 다오."

아이가 싸리나무에 명주실과 바늘을 구부려서 만든 낚싯바늘이 달린 낚싯대라고도 할 수 없는 것을 수줍게 내밀었다.

아이의 낚싯대는 총체적으로 잘못된 것이었다. 수수깡으로 만든 찌가 너무 부력이 큰 데다 짧게 끼워져 있어서 줄이 짧아 바늘이 강바닥에 닿지 않는다.

낚시란 미끼를 끼운 바늘이 바닥에 닿거나 바닥 가까이에 있어야 한다.

물고기들이 바닥에서 먹이를 찾기 때문이다. 중층에서 활동하는 물고기가 있기는 하지만 대다수의 물고기는 바닥을 좋아한다.

진검룡은 낚싯대에서 실을 끊어버리고 부옥령의 상의 아래 자락에서 실을 몇 가닥 길게 뽑아내서 그걸 질기게 꼬아 낚싯줄을 만들어 묶었다.

부력이 큰 수수깡 찌에 맞춰서 낚싯바늘 위에 콩알 크기의 돌을 단단히 매달았다. 진검룡은 아이와 함께 아래로 내려갔다.

그가 줄을 짧게 해서 물에 던지니까 수수깡 찌가 까딱거리다가 수면 속에 잠겨 버렸다.

그는 낚싯바늘 위에 매단 콩알 크기 돌을 떼어내고 그보다 조금 작은 돌을 매달아 다시 시도했다.

그러자 수수깡 찌의 맨 윗부분이 완전히 가라앉지 않고 수면에 나올락 말락 했다.

"잘 봤니? 이렇게 맞추는 거다."

"네."

아이는 눈도 깜빡이지 않고 지켜보다가 조용히 대답했다.

"이제 줄을 길게 해서 수심을 맞춘다."

진검룡은 찌를 위로 길게 올려 낚싯줄을 운하에 던졌다.

수수깡 찌가 아까처럼 물속에 거의 잠긴 상태에서 수면 위로 나올락 말락 했다.

진검룡은 낚싯대를 건져서 수수깡 찌를 조금 더 올린 후에 다시 운하에 던졌다.

그러자 이번에는 수수깡 찌가 손가락 한 마디쯤 수면 위로 올라왔다.

"이제 된 거다."

진검룡은 낚싯대를 걷고 아이에게 물었다.

"미끼는 무엇을 썼느냐?"

"이것을……."

아이가 수줍게 내보이는 것은 보리밥풀이었다.

진검룡이 바늘에 보리알 두 개를 끼워 강에 던지자 수수깡 찌가 벌떡 일어섰다가 물속으로 느릿하게 가라앉더니 아까처럼 손가락 한 마디만 수면 위로 나왔다.

진검룡은 낚싯대를 아이에게 주었다.

"이제 해보거라."

아이는 매우 진지한 표정으로 낚싯대를 잡고 수면의 수수깡 찌를 쏘아보았다.

그때 수수깡 찌가 까딱거렸다.

"아……."

아이가 흥분했다. 그동안 입질 한 번 없다가 첫 입질이 오니까 흥분하는 게 당연하다.

"기다려라."

진검룡이 조용히 말하자 아이는 긴장하는 얼굴로 낚싯대를 힘주어 잡고 기다렸다.

그때 수수깡 찌가 쑤욱 천천히 올라오면서 동시에 옆으로 둥둥 떠갔다.

"기다려라."

아이는 지금 당장 낚싯대를 들어 올리고 싶었으나 진검룡의 말에 꾹 참았다.

수수깡 찌가 조금 더 솟구쳤고 옆으로 더 멀리 흘렀다.

"당겨라."

진검룡의 말이 떨어지기 무섭게 아이가 싸리나무 낚싯대를 번쩍 쳐들었다.

피잉!

"아앗!"

그러자 활시위를 힘껏 당겼을 때 같은 소리가 나면서 아이가 비명을 질렀다.

싸리나무 낚싯대가 부러질 것처럼 휘었고 낚싯바늘에 걸린 물고기가 요동치면서 이리저리 끌고 다녔다.

진검룡이 일러주었다.

"낚싯대를 숙이면 놓친다. 놈의 주둥이가 수면 위로 올라오도록 힘을 줘라."

"네!"

아이는 힘차게 대답하고 낚싯대를 두 손으로 잡은 채 안간힘을 쓰며 버텼다.

그런데도 진검룡은 도와주지 않고 충고만 해주었다.

"상체를 뒤로 젖히고 천천히 육지 쪽으로 끌어내라."

"이이익……!"

아이는 낚싯대를 잡은 두 팔을 바들바들 떨면서 진검룡이 시키는 대로 하려고 애썼다.

푸드득!

그때 커다란 물고기가 수면 위로 튀어 오르면서 거세게 요동을 쳤다.

"와앗!"

"대어다!"

아이들이 날카롭게 환호성을 터뜨렸다.

"놈이 공기를 머금도록 해라."

진검룡의 말에 아이는 상체를 뒤로 한껏 젖혀 등이 축대에 닿게 만들며 낚싯대를 최대한 들어 올렸다.

그러자 물고기의 주둥이가 수면 위로 불쑥 솟아 나오더니 뻐끔거렸다.

"물고기가 공기를 잔뜩 먹으면 물속으로 들어가지 못한다. 그때 끌어내야 한다."

진검룡의 말에 아이는 물고기의 주둥이를 몇 차례 더 수면 밖에서 뻐끔거리도록 만들었다.

잠시 후에 아이는 누런 잉어를 물가로 끌어내는 데 성공하고는 그 자리에 퍼질러 앉고 말았다.

"아아……."

놀랍게도 잉어는 길이가 두 자 정도, 두께가 아이의 한 아름 정도인 대물이었다.

아이는 자랑하고 싶어 잉어를 두 팔로 안고 끙끙대며 축대 위로 올라와 두리번거렸다. 그런데 진검룡의 모습이 보이지 않았다.

"아……."

진검룡은 민수림, 부옥령과 함께 방교의 안내를 받으면서 걸어가고 있는 중이다.

"형수님이 말하지 않으려는 것을 겨우 달래서 알아냈습니다. 대창(大倉)포구 하역 작업 하러 갔답니다."

방교는 진검룡을 쳐다보며 조심스럽게 물었다.

"가보시겠습니까?"

진검룡이 말없이 고개를 끄떡이자 방교는 앞장서면서 묻지도 않은 말을 떠벌렸다.

"본방의 자금 사정이 좋지 않기 때문에 다들 부업으로 다른 일들을 하고 있습니다. 방에서 안다고 해도 딱히 제지하거나 벌을 내리지는 않습니다."

"진 형 딸들은 현 내의 주루에서 일한다고 합니다. 하루 꼬박 일해서 각전 석 냥 번답니다."

"사는 것은 어떤가?"

"네?"

진검룡이 불쑥 묻자 방교는 깜짝 놀랐다가 씁쓸하게 웃으면서 대답했다.

"원래 당주 녹봉이 은자 닷 냥인데 그것으로도 생활하는 게 빠듯합니다요."

은자 닷 냥이 크다면 크지만 생활을 하는 데 있어서는 퍽이나 적은 액수라는 것을 진검룡은 누구보다 잘 알고 있다.

"그렇기 때문에 가족 중에 누군가 돈벌이를 하지 않으면 먹고사는 게 아주 빠듯합니다."

진검룡은 작년 초 그러니까 일 년 반 전에만 해도 구리돈 한 닢이 아쉬울 정도의 팍팍한 생활을 했었다.

그런데 현재는 구리돈 오십 냥 가치인 은자 한 냥조차도 낙엽처럼 여기는 풍족한 생활을 하고 있다.

진검룡은 자신이 이렇게 될 거라고는 조금도 예견하지 못했다.

그런데도 그는 부친의 궁핍한 생활이 가엾다거나 안됐다는 생각이 조금도 들지 않았다.

더 벌을 받아야 된다거나 부친을 비롯한 가족이 지금보다 더 가혹한 생활고에 찌들어야 한다는 생각도 들지 않았다.

그냥 덤덤했다. 부친이라는 사람을 만나보고 나서 내가 당신의 아들이라고 꼭 밝혀야 하는 상황이 주어지지 않는다면 꼭 밝히지 않아도 될 것 같았다.

"저깁니다."

부친의 집에서 그리 멀지 않은 바닷가에 꽤 큰 규모의 포구가 있었다. 그곳에는 수많은 배들과 사람들이 북새통을 이루고 있었다.

第百三十二章

부자지간

대창 포구.

진검룡은 이곳 포구에서 일하는 인부 복장으로 갈아입고 포구의 중간 관리자와 함께 걸어가고 있다.

이 포구는 원래 십엽루 소유였다가 영웅루에 귀속됐는데 이곳의 총책임자인 포구장이 운 좋게 전 오룡방주였던 손록을 알아보는 바람에 일이 쉽게 풀렸다.

그래서 손록은 진검룡을 하역하는 일꾼으로 변장하여 진도제와 같이 일하게 하라고 지시를 했다.

물론 포구장에겐 진도제가 진검룡의 부친이라든지, 진검룡이 영웅문주라든지 하는 사실을 밝히지 않았다.

포구에는 배들이 수십 척 정박해 있으며 수백 명의 하역 인부들이 포구에 산처럼 쌓여 있는 물건들을 지고 배에 싣거나 배의 물건들을 포구로 내리는 작업을 하고 있다.

중간 관리자는 하역 담당자를 만나 진도제에 대해서 묻고 나서 진검룡을 어느 거대한 상선으로 데리고 갔다.

상선은 몇 달 동안 해외 여러 나라를 항해하면서 수십 종류의 화물 수천 관을 싣고 왔으며 그것들을 인부들이 일일이 어깨에 메고서 긴 발판을 따라 포구의 야적장으로 운반하고 있는 중이다.

중간 관리자는 그 상선의 하역을 담당하는 조장 중에 한 명을 불러서 진검룡을 가리키며 말했다.

"이 사람을 여기에서 일 시키게."

조장은 딱딱한 얼굴로 진검룡의 아래위를 훑어보면서도 중간 관리자에게는 공손히 고개를 조아렸다.

"알겠습니다."

중간 관리자가 얼마나 높은 지위인가 하면, 그의 밑에는 포구의 하역 담당자 다섯 명이 있으며, 하역 담당자 한 명 밑에는 열 명의 조장이 있다.

그러니까 중간 관리자 밑에는 도합 오십 명의 조장들이 우글거리고 있는 것이다.

중간 관리자는 보일 듯 말 듯 진검룡에게 살짝 고개를 숙이고 몸을 돌려 왔던 길로 돌아갔다.

그가 할 일은 여기까지다. 진검룡이 자신이 하는 일에 일절 관여하지 말라고 미리 요구했기 때문이다.

중간 관리자는 손록이 전 오룡방주였으며 지금은 영웅문 휘하 오룡당주라는 사실을 알고 있다.

이곳 대창 포구는 영웅문 소유이므로 손록의 말 한마디에 총책임자인 포구장은 파리 목숨처럼 날아갈 수가 있는 것이다.

조장은 중간 관리자가 멀어지는 것을 보면서 상선 쪽으로 몸을 돌리며 진검룡에게 투박하게 말했다.

"따라와라."

평호현에는 세 개의 포구가 있으며 이곳 대창 포구가 가장 크고 해웅방과 진도문(眞道門)의 두 개 포구는 이곳의 삼분지 일 정도 규모다.

예전에는 평호현 세 개의 포구에 고르게 상선들이 정박하여 화물을 하역하거나 싣는 일을 했었다.

그때는 십엽루가 해웅방과 진도문에게 공평하게 일거리를 주었을 때의 얘기다.

십엽루 소유인 대창 포구가 오십, 진도문 삼십, 해웅방이 이십의 비율로 일거리가 분배됐었다.

그런데 십엽루가 영웅문에 흡수되면서 십엽루주였던 현수란은 영웅문 십엽당주가 되어 당의 일에만 전념하고 경영에 대해서는 총무장인 유려에게 전부 넘겼다.

총무전의 수장인 총무장 유려 바로 아래 직속으로 총무오전(總務五殿)이 있으며 그들은 밤낮없이 상의하고 입을 맞추면서 영웅문의 재정을 살찌우고 있다.

그러는 과정에서 총무전은 이곳 평호현 해웅방과 진도문의 일거리를 끊고 그 일을 모조리 대창 포구에 몰아주었다.

그 덕분에 대창 포구는 밤중에도 불을 대낮처럼 밝히고 쉴 새 없이 돌아가고 있다.

영웅문이 대창 포구 하나만 운영함으로써 예전에 비해 수익이 두 배 이상 껑충 올랐다.

반면에 진도문과 해웅방은 주 수입원을 잃었기 때문에 존폐의 위기에 처하여 몇 달씩이나 녹봉조차 주지 못하는 형편이 돼버렸다.

그래서 현재 대창 포구에서 일하고 있는 인부의 절반이 진도방과 해웅방 사람들이다.

말하자면 이곳의 인부 절반이 무림인이라는 얘기다. 예전에는 도검과 주먹으로 무림을 질타하며 날고 기던 인물들이 가족들 때문에 한 푼의 돈이 아쉬워서 칼을 접고 대신 무거운 화물을 지고 있는 것이다.

대창 포구로써는 일반인보다는 무림인을 인부로 쓰는 편이 훨씬 좋다.

일반인 인부는 아무리 힘이 장사라고 해도 한 번에 이십관(75kg) 정도의 화물을 운반하는 것이 고작이다.

하지만 무림인은 일반인 인부의 두 배 반인 오십 관(187kg)이나 운반한다.

그렇기 때문에 대창 포구로써는 품삯을 일반인 인부와 똑같이 주는 무림인 인부를 쓰는 것이 훨씬 남는 장사다.

앞서 걸어가는 조장이 걷다가 뒤돌아보며 지나가는 말처럼 불쑥 물었다.

"자네, 진도문인가?"

"무슨 뜻이오?"

조장은 말귀를 알아듣지 못하는 진검룡 때문에 조금 짜증이 나서 걸음을 멈추었다.

"여긴 해웅방과 진도문 사람이 태반이야. 자네가 무림인인지 일반인인지 알아야 짝을 맺어줄 것 아닌가?"

진검룡은 무림인들이 일을 더 잘할 것이라고 짐작했다. 그래서 무림인은 무림인끼리, 일반인은 일반인끼리 짝을 맺어야 일이 능률적일 것이라고 생각했다.

"나는 무림인이오."

"진도문인가?"

"왜 그렇게 생각하오?"

조장은 다시 걷기 시작하면서 짜증스럽게 대꾸했다.

"여기에 있는 무림인이라면 진도문과 해웅방이 전부야."

"난 영웅문이오."

진검룡은 조장이 해웅방이나 진도문 사람을 훤하게 알고 있을 것이라고 짐작하여 자신을 영웅문이라고 소개했다.

그러자 조장이 뚝 걸음을 멈추더니 뒤돌아보면서 지금까지와는 달리 매우 공손한 태도를 보였다.

"정말 영웅문에서 오신 분이십니까?"

"그렇소."

진검룡은 조장의 태도가 돌변하는 것을 보고 자신이 잘못 말했다는 생각이 들었다. 하지만 이제 와서 말을 바꾸면 더 이상해진다.

사실 대창 포구는 영웅문에서 직접 운영 즉, 직영하는 곳이기 때문에 대창 포구에서 제일 높은 포구장이라고 해도 영웅문의 최하급 무사보다 낮은 지위다.

진검룡이 '그렇다'라고 대답하자 조장의 얼굴에 혼비백산함이 떠오르면서 상체가 앞으로 쓰러지기 시작했다.

진검룡은 그가 부복하려는 것을 직감하고 즉시 무형잠력을 발출해서 똑바로 세웠다.

"......"

조장은 귀신을 본 것 같은 표정을 지으며 그 자리에 뻣뻣하게 굳어버렸다.

기왕지사 이렇게 된 것 진검룡은 나직한 목소리로 조장에게 주의를 주었다.

"그냥 아무 말 말고 나에게 일을 시키게."

"......"

"그러면 별일 없을 게야."

조장은 퉁방울 같은 눈을 몇 번 끔뻑거리더니 고개를 깊이 조아렸다.

"아… 알겠습……."

그러나 그는 고개를 전혀 숙이지 못했다. 진검룡이 그렇게 만든 것이다.

*　　　*　　　*

조장 밑에는 삼십여 명의 인부들이 있으며 그들이 상선 한 척의 화물을 도맡아서 내리고 있다.

진검룡은 조장을 물러가게 하고 인부들을 한 명씩 살피면서 진도제를 찾아보았다.

다들 후줄근한 옷을 입고 머리에는 헝겊으로 두건을 만들어 썼으며 양쪽 어깨와 등에는 두꺼운 가죽이나 천을 얹고 있었다.

그 두꺼운 가죽이나 천에 화물을 얹어야지만 몸에 상처가 나지 않기 때문이다.

그때 진검룡의 눈이 빛났다. 상선과 포구를 잇는 긴 널빤지 위로 인부들이 줄줄이 화물을 메고 내려오는데 그중 한 사람의 얼굴에 시선이 꽂혔다.

누가 저 사람이 진도제라고 가르쳐 준 것이 아닌데도 진검룡은 그를 한눈에 알아보았다.

그렇다고 해서 진도제하고 진검룡이 닮은 모습인 것은 아니다. 오히려 두 사람은 닮은 부분이 하나도 없을 정도로 판이한 모습이다.

진도제는 큼직한 나무 궤짝 하나를 등에 지고 널빤지를 걸어 내려오고 있다. 보기에도 묵직한데 그는 조금도 힘들어 보이지 않았다.

진검룡은 조금 기다렸다가 진도제가 궤짝을 부리고 다시 상선으로 향할 때 슬며시 다가가서 뒤따라갔다.

저벅저벅…….

널빤지를 걸어 오르는 인부들의 발소리가 어지럽게 울려 퍼졌다.

진도제는 낯선 인부가 대열에 낀 것을 봤을 텐데도 알은척을 하지 않고 묵묵히 걷기만 했다.

상선에 오른 인부들은 갑판 아래의 선창(船廠)으로 향하는 나무 계단을 줄지어서 내려갔다.

화물은 상선의 여러 곳의 선창에 실렸는데 그것들을 포구로 옮기는 일이다.

저벅저벅…….

배가 워낙 큰 탓에 선창이 아래쪽으로 삼 층까지 있는데 진도제는 삼 층으로 묵묵히 내려갔다.

삼 층의 선창까지 내려오자 그곳에 십여 명의 인부들이 여기

저기 앉아서 휴식을 취하고 있는 모습이 보였다.

그리고 막 도착한 인부들도 바닥이나 궤짝 위에 아무렇게나 널브러졌다.

아무리 무림인이라지만 상선의 선창 삼 층에서 궤짝을 지고 포구까지 몇 번 왔다 갔다 하고 나면 지친 나머지 아무 데나 주저앉고 싶어진다.

그런데 진도제는 그걸 모르는 듯 묵묵히 화물이 쌓여 있는 곳으로 걸어갔다.

"당주님……! 좀 쉬십시오."

그때 누가 넌지시 말하자 진도제는 멈칫했다가 고개를 끄떡이고는 근처의 바닥에 벽을 등지고 털썩 앉았다.

인부들은 이런 식으로 서너 번 화물을 나르고 나서 잠시 휴식을 취하는 모양이었다.

다들 쉬는데 진검룡 혼자만 궤짝을 지고 나를 수도 없는 일인 데다 그는 부친을 만나는 것이 목적이므로 구태여 짐을 질 이유가 없다.

진검룡은 부친이 앉아 있는 곳에서 두 자쯤 떨어진 곳에 자연스럽게 앉았다.

부친은 진검룡을 한 번도 쳐다보지 않았으며 진검룡은 그를 한번 자연스럽게 슬쩍 쳐다보고 말았다.

두 사람의 거리는 두 자 남짓이다. 짧은 거리에 진검룡에게 생명을 나눠준 생부가 앉아 있는 것이다.

진검룡은 그를 보는 순간 그가 아버지라는 사실을 칼이 심장에 박힌 것처럼 또렷하게 깨달았다.

시쳇말로 피가 끌린다든지 왠지 모르게 남 같지 않은 친밀감을 느낀다는 그런 것이 아마 이런 걸 두고 말하는 것인지도 모르겠다.

어떤 설명도 증거도 필요 없이 그냥 그를 딱 보는 순간 '내 아버지다'라는 직감이 들었다.

진검룡이 보기에 부친은 자상하거나 남을 먼저 배려하는 따스한 성격이 아닌 것 같았다.

그러니까 진검룡이 먼저 말을 걸지 않는 이상 그가 먼저 접근하지는 않을 거라는 뜻이다.

그래서 진검룡은 자신이 먼저 말을 걸어야 하리라 생각했다.

그런데 그가 막 입을 열려고 할 때 저만치에서 누군가 그에게 먼저 말을 걸었다.

"이봐. 자네, 해웅방 아니지?"

진검룡은 침묵으로 그의 물음을 묵살했다.

그러자 그자는 포기하지 않고 재차 물었다.

"자네, 어느 문파야?"

두 번째 질문은 진검룡이 해웅방 사람이 아니라고 단정하는 것 같았다.

진검룡은 쳐다보지도 않고 가만히 있었다. 그는 머릿속으로 부친에게 처음에 무슨 말을 할 것인지 궁리하고 있었다.

"저 어린놈이?"

그때 진검룡에게 두 번씩이나 물었다가 대답을 듣지 못한 장한이 벌떡 일어나서 성큼성큼 걸어왔다.

"너, 내 말이 말 같지 않은 거냐?"

진검룡은 귀찮아질 것 같아서 미간을 좁혔다.

그런데 그때 진도제가 다가오는 장한에게 가볍게 손을 저으며 말했다.

"장곤(張昆), 그만둬라."

"당주님, 이 조에서는 우리 해웅방 사람들만 일하고 있는데 어디서 온지도 모르는 어린놈을 받아들여야 하는 겁니까?"

진도제는 장곤이라는 장한을 보며 조용한 목소리로 말했다.

"여기 일은 우리 것이 아냐. 모르겠나?"

"……."

"우리도 여기에 돈 벌러 온 것이다. 이 젊은 친구하고 다를 게 없다는 거지."

*　　　*　　　*

여기에 있는 인부들은 모두 해웅방 소속의 무사들이 맞는 모양이다. 그렇기에 당주인 진도제의 말에 아무도 토를 달지 못하는 것 아니겠는가.

그뿐 아니라 진도제는 평소에 수하들에게 잘 대해주어 신임을 잃지 않은 것 같다.

진도제가 아무리 옳은 얘기를 하더라도 평소에 위엄을 잃은 사람이라면 수하들이 기어오르는 일이 다반사일 것이다.

그런데 여기에 있는 인부들은 진도제를 매우 존중하는 듯한 모습이다.

그렇지만 그게 끝이다. 진도제는 진검룡에게 한마디도 말을 걸지 않았으며 잠시 더 앉아 있다가 벌떡 일어서더니 일을 시작했다.

이런 상황에서 대부분의 사람이라면 새로 온 신참 인부에게 신경 쓰지 말고 일하라는 둥 한두 마디 덕담을 하는 것이 보통인데 진도제는 일절 그러지 않았다.

진도제가 일어나서 궤짝들이 쌓여 있는 곳으로 걸어가는 것을 보고 휴식을 취하던 인부들도 우르르 일어나서 궤짝 더미로 모여들었다.

진검룡은 일어나더니 진도제 옆으로 다가가서 조용한 목소리로 먼저 말을 걸었다.

"고맙습니다."

진도제가 힐끗 쳐다보았다. 그가 진검룡을 보는 것은 지금이 처음이다.

그러고는 궤짝 하나를 잡았다. 황색의 궤짝에는 노끈이 칭칭 감겨 있어서 손으로 잡고 등이나 어깨에 메기가 편했다.

진도제는 궤짝을 등에 얹더니 말도 없이 휭하니 계단으로 향했다.

인부들이 궤짝을 하나씩 잡기에 진검룡도 궤짝을 잡고 어깨에 짊어지려고 당겼다.

그때 진검룡은 인부들이 재미있어 하는 표정으로 자신을 쳐다보는 것을 발견했다.

하지만 아무도 왜 그러는 것인지 말해주지 않고 궤짝을 둘러메고는 계단을 올라가기 시작했다.

턱!

진검룡은 궤짝을 가뿐하게 들어서 어깨에 얹고 천천히 계단을 올라갔다.

앞서 올라가던 인부들이 힐끔거리면서 그를 돌아보더니 조금 놀라는 표정을 지었다.

그러나 진검룡은 인부들이 왜 그러는지 이유를 알지 못하고 묵묵히 그들 뒤를 따라서 포구의 야적장에 이르렀다.

인부들은 야적장의 궤짝 더미에 자신들이 지고 온 궤짝을 차곡차곡 얹었다.

척! 처척!

궤짝 더미가 높기 때문에 먼저 도착한 인부들이 더미에 올라가서 궤짝을 받아 쌓았다.

이들이 지고 온 궤짝은 오십 관(187kg)이라서 아무리 무림인이라고 해도 지상에서 일 장 반 높이까지 차곡차곡 쌓는 것은 쉬운 일이 아니다.

지고 온 인부가 궤짝을 최대한 들어 올려주면 궤짝 더미 위에 있는 두 명의 인부가 궤짝을 묶은 밧줄을 잡아서 각이 맞게 잘 쌓고 있다.

진검룡 차례가 되어 다른 인부들이 그런 것처럼 그도 궤짝을 머리 위로 최대한 번쩍 들어 올려주었다.

그런데 더미 위에 있는 두 명이 선뜻 받으려고 하지 않고 망설였다.

진검룡이 위를 올려다보니까 더미 위에 있는 두 명은 난감한 표정을 짓고 있다.

그때 진도제가 훌쩍 더미 위로 솟구쳐 올라 두 인부 옆에 내려선 후에 진검룡의 궤짝을 향해 두 손을 뻗었다.

"같이 잡아라."

진도제는 두 명의 인부가 진검룡의 궤짝을 잡고서야 번쩍 들었다가 더미에 올려놓았다.

쿵!

그러자 더미 전체가 작은 진동을 일으켰다.

그걸 보고 진검룡은 비로소 깨달았다. 자신이 지고 온 궤짝이 다른 인부들 궤짝보다 훨씬 무겁다는 사실을 말이다.

아까 선창에서 인부들이 모두 똑같은 무게의 궤짝을 지고 오는데 진검룡만 훨씬 무거운 궤짝을 고른 것이다. 그런데도 아무도 그것에 대해서 말해주지 않았다.

진검룡이 보니 자신이 지고 온 궤짝은 붉은색이고 인부들이 지고 온 궤짝은 황색이다.

인부들은 궤짝의 색깔만 보고도 처음부터 진검룡의 궤짝이 무거운 것을 알아봤던 것이다.

그런데 방금 얹은 진검룡의 붉은 궤짝이 위태로워 보였다. 무게 때문에 한쪽으로 쏠려 기우뚱한 데다가 드그그… 하는 소리까지 들렸다.

그 옆에 서 있는 인부 한 명이 다급하게 외쳤다.

"무너진다!"

진도제와 인부 두 명이 근처에 서 있지만 붉은 궤짝이 너무 무거워서 어떻게 할 방법이 없다.

그그그으으…….

"우왓!"

"와앗!"

궤짝 더미가 위태로운 소리를 내며 천천히 기울기 시작하자 두 인부가 비명을 지르며 아래로 뛰어내렸다.

인부들이 지고 온 황색 궤짝의 무게는 오십 관이지만 진검룡의 붉은 궤짝은 자그마치 백 관(375kg)인 것이다.

진도제와 두 명의 인부가 아무리 무림인이지만 무너지려고 하는 궤짝 더미의 꼭대기에서 백 관짜리 궤짝을 어떻게 할 재간이 없는 것이다.

무려 백 관짜리 궤짝을 더미 상부의 한쪽에 치우치게 얹었기 때문에 궤짝 더미가 기울어지는 것은 당연한 결과다.

맨 마지막으로 진도제까지 뛰어내렸다. 그들이 궤짝 더미 위에 있으면 다치는 것은 물론이고 자신들의 무게 때문에 궤짝 더미가 더 빠르게 무너질 수도 있기 때문이다.

지상에서 일 장 반 높이로 쌓아 올린 궤짝 더미 위에 백 관짜리 붉은 궤짝 하나를 얹은 탓에 거대한 더미가 느릿하게 기울고 있지만 진도제와 인부들은 속수무책으로 지켜보고만 있을 뿐이다.

지켜보고 있는 삼십여 명 인부들의 얼굴에 절망적인 표정이 가득 떠올랐다.

그때 진검룡이 깃털처럼 가볍게 허공으로 둥실 떠오르는가 싶더니 붉은 궤짝을 한 손으로 잡고 뒤로 약간 물러났다.

그러고는 기울고 있는 쪽의 궤짝들을 발끝으로 가볍게 툭툭 찼다.

그랬더니 궤짝들이 제자리를 잡으면서 무너지려던 궤짝 더미가 잠잠해졌다.

"으어어……."

"저… 저거……."

삼십여 명의 인부들은 진검룡을 보면서 턱이 떨어질 것처럼 크게 입을 벌리며 아연실색했다.

그도 그럴 것이 진검룡이 지상에서 일 장 반 높이 허공에 정지한 상태에서 한 손에는 붉은 궤짝을 생선 꾸러미인 양 가볍게 들고 있기 때문이다.

인부들은 방금 전 벌어진 광경을 모두 똑똑히 목격했다.

진검룡이 둥실 떠올라서 붉은 궤짝을 한 손으로 잡고 쓰러지는 쪽의 궤짝들을 발끝으로 가볍게 툭툭 차서 제자리를 잡는 광경을 말이다.

거기까진 어쨌든 좋다. 그런데 진검룡이 한 손에 백 관짜리 궤짝을 든 채 지상에서 일 장 반 높이 허공에 정지해 있는 광경은 대체 뭐라고 설명해야 한다는 말인가.

여기에 있는 어느 누구도 저 정도의 고절한 최상승의 무공을 펼치는 광경은 평생 단 한 번도 본 적이 없었다.

아무도 입을 열지 못한 채 혼비백산하는 표정으로 진검룡을 바라보고 있을 뿐이다.

아까 인부들은 신참인 진검룡을 골려주려고 그가 붉은 궤짝을 잡았는데도 일부러 가만히 있었는데 자칫하면 그것 때문에 목숨을 잃을 수도 있는 상황이 돼버렸다.

허공에 정지한 채로 저 정도 신기를 펼칠 수 있는 것은 초극고수나 초절고수 그리고 절대고수뿐이다. 그렇다면 진검룡이 그런 엄청난 고수라는 뜻이다.

진검룡은 씁쓸한 미소를 지었다. 가만히 있으면 궤짝 더미가 무너지고 부친이 다칠 것 같아서 나선 것인데 일이 이상하게 꼬여 버렸다.

그는 느릿하게 지상으로 하강하여 소리 없이 바닥에 내려선 후에 들고 있던 붉은 궤짝을 바닥에 내려놓았다.

인부들이 잔뜩 두려운 얼굴로 슬금슬금 뒤로 물러났다.

진검룡은 이제 일을 어떻게 풀어야 할지 난감했다.

그런데 바로 그때, 한쪽이 소란스러웠다. 어떤 무리가 고함을 지르면서 진입하고 또 다른 무리가 무슨 일이냐고 소리치는 상황인 것 같았다.

진검룡과 진도제, 인부들이 그쪽을 보는데 수십 명의 장한들이 이쪽을 향해 몰려오고 있었다.

남의 경장 차림의 그들은 검을 뽑아서 손에 쥔 채 살벌한 모습으로 달려왔다.

이쪽 인부들 중에 누군가 짧게 외쳤다.

"진도문이다!"

진도제가 앞으로 나서며 명령했다.

"모두 한쪽으로 모여서 대항하지 마라!"

남의 경장인 즉, 진도문 무사들은 우르르 달려와서 해웅방 인부들과 대치했다.

진도문 무사는 오십여 명쯤 되었다. 한결같이 검을 움켜쥐고 손목에 보호대와 발목에 각반(脚絆)을 차고 있는 것으로 미루어 전문적인 검수(劍手)들인 것 같았다.

진도문 진도검수들 중에 우두머리인 자가 앞에 나서 진도제에게 웅혼한 목소리로 말했다.

"휘검(暉劍)당주! 저항하지 마시오!"

진도문 우두머리는 평소에 진도제를 잘 알고 있는 듯했다.

진검룡은 부친의 해웅방에서의 지위가 휘검당주라는 사실을 처음 알았다.

진도제가 앞으로 두 걸음 나서서 진도문 우두머리에게 굳은 표정으로 물었다.

"정 단주! 이게 무슨 짓이오?"

진도문 우두머리의 이름은 정교춘(鄭橋春)이며 단주의 지위를 맡고 있다.

정교춘은 이마와 목에 핏대를 세우면서 자못 결연한 표정으로 외치듯이 말했다.

"본문은 대창 포구를 접수하기로 결정했으니 진 형은 부디 막지 마시오……!"

진도제와 정교춘이 호형호제하는 막역한 사이라는 사실은 평호현에서 모르는 사람이 없었다.

진도제는 크게 놀랐다.

"정 형, 미쳤소? 대창 포구가 영웅문 소유라는 사실을 잊기라도 한 것이오?"

정교춘은 비분강개한 표정으로 부르짖었다.

"이 일은 본문의 문주께서 결정하신 일이니 나로서도 어쩔 수 없소!"

"진도문주가 정녕 미친 것이오? 설혹 오늘 진도문이 대창 포구를 접수할 수 있다고 해도 며칠, 아니, 당장 내일이면 진도문이 멸문당하고 말 것이오!"

정교춘이라고 그 사실을 모르는 것이 아니다.

"문주께서는 이것이 영웅문에게 보내는 일종의 시위(示威)라고 하셨소. 이렇게 해야지만 우리가 얼마나 처절한지 영웅문에서 알 수 있을 것이라고 말이오……!"

정교춘은 피를 토하는 것 같았다.

"영웅문은 그저 자신들만의 이익을 위해서 탁상 위에서 행정을 펼치는 것이지만, 그로 인해서 수천수만의 무고한 사람들이 터전을 잃고 생활고를 겪는다는 사실까지는 모르고 있는 것 같소! 우리는 그것을 영웅문에 알리려는 것이오!"

진검룡은 팔짱을 끼고 묵묵히 들었다.

민수림과 부옥령, 손록이 다가오는 것을 보고 그냥 거기에 있으라고 전음을 보냈다.

정교춘의 절절한 목소리가 이어졌다.

"문주께서 말씀하셨소. 평호현이 이렇게 힘들다는 사실을 영웅문이 알아준다면 본문이 멸문하더라도 일말의 소득이 있는 것이라고 말이오."

진도검수들은 비장한 표정으로, 해웅방 사람들은 착잡한 표정으로 들었다.

"우리들은 이미 많이 참고 견뎠소. 그렇지 않소? 오죽하면 평호현을 대표하는 해웅방의 휘검당주인 진 형이 포구에서 하역 작업을 하고 있겠소?"

"음!"

"우리 무림인들이 포구의 일을 차지하는 바람에 원래 이곳에서 일하던 사람들은 지금 어떤 처지인지 아시오? 그들은 어디에 대놓고 하소연도 못 하고 있소이다!"

진도제와 해웅방 사람들 표정이 착잡해졌다. 자신들 목구멍에 거미줄을 치게 생겼기에 버젓이 남들이 일하는 자리를 치고 들어왔지만, 여기에서 쫓겨난 인부들이 지금 어떤 형편일지 모르는 건 아니었다.

정교춘이 충혈된 눈으로 말했다.

"그러니 막지 말고 가만히 있으시오. 부탁하오."

진도제는 착잡한 표정으로 침묵을 지키고 있다가 가라앉은 목소리로 말했다.

"그렇다면 나는 더욱 막아야겠소."

정교춘이 미간을 잔뜩 좁혔다.

"무슨 뜻이오?"

"진도문이 대창 포구를 무력으로 접수하면 영웅문에게 멸문당하고 말 것이오. 그런 일은 막아야 당연하오."

정교춘은 잔뜩 얼굴을 찌푸렸다.

"여태까지 내가 하는 말 못 들었소?"

"들었소. 그래서 더 막아야겠다는 것이오."

"답답한……."

진도제는 언성을 높였다.

"답답한 건 진도문주이고 정 형이오! 만약 영웅문이 이곳 사정과 진도문의 참뜻을 몰라준다면 어쩔 셈이오?"

"……."

정교춘은 대답하지 못했다.

第百三十三章

마침내 상봉하다

정교춘은 한참 만에 조용히 대답했다.

"나는 영웅문주를 믿소."

진검룡은 진도제가 움찔하는 것을 보았다.

정교춘의 목소리가 묵직하게 좌중을 울렸다.

"나는 한 번도 영웅문주를 본 적이 없지만 그가 항주를 평정한 후에 매사 공명정대하게 일을 처리하고 있다는 소문을 귀가 따갑게 들었소."

고개를 끄떡이는 사람이 꽤 많이 보였다.

"그렇기 때문에 나는 대창 포구의 일도 영웅문주가 공정하게 처리할 것이라고 믿소."

진도제는 잠시 침묵하다가 고개를 끄떡였다.

"정 형의 말이 맞소만 그래도 걱정이 되오."

"뭐가 걱정이오?"

"영웅문주가 모든 일을 다 일일이 처리하는 것은 아닐 것이라는 생각이오. 혹여 영웅문주의 수하가 마음대로 일을 처리하는 과정에서 진도문이 피해를 입을 수도 있을 것이오."

진도제의 말이 맞는 터라 정교춘은 할 말을 잃었다.

"소문에 의하면 현재 영웅문주는 측근들과 함께 남창을 평정하러 갔다고 하오."

영웅문주가 항주에 없으므로 수하가 이 일을 처리할 가능성이 더 크다는 뜻이다.

정교춘은 무겁게 말했다.

"어쨌든 이것은 문주의 결단이므로 나는 번복할 수 없소. 진 형은 이해하시오."

진검룡이 생각하기에도 일개 단주의 신분인 정교춘이 대창 포구를 접수하겠다는 진도문주의 결정을 뒤집을 수는 없을 것 같았다.

진검룡이 듣기에 정교춘, 아니, 진도문주의 말이나 진도제의 말이나 둘 다 옳은 것 같았다.

진도문이 대창 포구를 무력으로 접수하면 영웅문주가 그 깊은 뜻을 헤아려 줄 것이라는 믿음은 절강성의 무림인들이 진검룡을 그만큼 정의로운 인물로 여긴다는 뜻이다.

지금 상황으로 봐서는 진도문이 대창 포구 접수를 밀고 나갈 것 같았다.

만약 그런다면 진도제는 수하들을 이끌고 거기에 맞서 싸울 것인지 싸우지 않고 그만둘 것인지는 아직 모른다.

만약 진도제가 싸우려고 한다면 그 이유는 평호현의 평화를 위해서일 것이다.

진도문이 대창 포구를 접수해서 만에 하나 일이 잘못되기라도 하면 해웅방은 물론이고 평호현 전체에 불똥이 튈 것이기 때문이다.

진도제는 진중한 얼굴로 물었다.

"문주는 어디에 계시오?"

그는 진도문주와 잘 아는 사이다. 평호현에는 십여 개의 방파와 문파들이 있지만 진도문과 해웅방의 위세가 가장 크기에 두 문파가 현을 대표한다.

정교춘은 복잡한 표정으로 말했다.

"진 형, 잠시만 이 자리에 그냥 있어 주면 이곳 일이 다 해결될 것이오."

진도제는 씁쓸한 표정을 지으며 자신의 수하들을 둘러보며 말했다.

"여기는 일당제요. 우리는 하루 온종일 일해 각전 닷 냥을 벌어서 그것으로 가족을 부양하고 있소. 그런데 오늘 일당을 받지 못하면 가족들이 굶게 되오."

이것은 또 다른 문제다. 우선 진도제만 해도 오늘 일당을 받아 가지 못하면 가족이 굶게 된다.

현 내의 무도관에서 숙식을 하며 무술을 배우는 두 딸은 수업료를 내지 못해 지난달부터 집에 와 있는 상태라서 입이 두 개나 더 늘었다.

그러므로 진도제에게는 대의니 협의니 하는 것보다 가족의 부양이 우선이다.

정교춘은 착잡한 표정으로 진도제와 그의 수하들을 차례로 쳐다보았다.

해웅방이나 진도문이나 사정은 거기에서 거기로 비슷하기 때문에 가족을 부양해야 한다는 말이 나오자 정교춘은 머뭇거릴 수밖에 없었다.

진도제는 상선으로 걸어갔다.

"일 시작하자."

어쩌면 싸우는 것보다 이 방법이 더 나을 것 같았다. 정교춘도 이것만큼은 어쩌지 못할 것이다.

해웅방 수하들이 하나둘씩 진도제를 따라서 상선으로 줄줄이 향했다.

진검룡도 행렬의 끄트머리를 따라갔다.

정교춘이 외쳤다.

"진 형!"

그러나 진도제는 하려면 해보라는 식으로 말없이 상선으로 향했다.

그때 입구 쪽에서 몇 사람이 달려오면서 외쳤다.

"정 단주! 거긴 어찌 됐는가?"

정교춘은 그게 문주의 목소리라는 것을 알아듣고 다급한 표정을 지었다.

만약 진도문주가 이 광경을 보게 된다면 진도제를 비롯한 해웅방 무사들에게 무력을 가할 것이기 때문이다.

진도문주는 진도제나 정교춘과는 달리 매우 과단성 있는 인물이라서 한번 결정한 일에 대해서 번복하는 경우가 거의 없었다.

키가 크고 장대한 체구의 진도문주는 가까이 다가와서 진도제 등을 발견하고는 쩌렁하게 외쳤다.

"멈추지 않으면 공격하겠다!"

막 널빤지에 올라서려던 진도제가 걸음을 멈추자 뒤따르던 수하들도 멈추고 뒤돌아보았다.

진도문주가 진도제에게 고압적으로 윽박질렀다.

"진도제! 도발하지 마라!"

진도문주는 지위로나 나이로나 진도제보다 한참 위이기에 그를 수하 다루듯 했다.

진도제는 갈등했다. 진도문주는 정교춘하고는 근본적으로 달라서 한다면 하는 인물이다.

만약 진도제가 고집을 부려 상선에서 화물을 하역하려고 한다면 진도문주는 진짜로 공격하여 해웅방 사람들을 죽일지도 모른다.

진도제는 수하들의 목숨을 놓고 도박을 할 수는 없다고 판단했다.

그가 발걸음을 돌려서 다시 야적장 쪽으로 걸어가자 수하들과 진검룡도 그 뒤를 따랐다.

진도제 등이 야적장에 이르렀을 때 진도문주가 명령했다.

"너희들은 당장 여길 떠나라!"

진도제는 수하 삼십여 명을 둘러보았다. 쪼잔한 거 같지만 진도제가 수하들의 오늘 일당을 걱정하는 것은 어쩔 수가 없는 일이다.

오늘 일당을 받지 못하면 수하들의 가족 전부가 굶은 채 밤을 지샐 테니까 말이다.

진도제는 진도문주에게 정중하게 말했다.

"일당을 주면 물러가겠소."

"진 형!"

그의 일견 허무맹랑한 것 같은 말에 정교춘이 외쳤다.

진도문주는 인상을 쓰면서 진도제를 쏘아보았다.

"나더러 너희들의 일당을 내놓으라는 것이냐?"

"그렇소."

"어째서 내가 너희들의 일당을 줘야 하느냐?"

진도제는 물러서지 않고 자신의 의견을 밝혔다.

"우리는 진도문이 무엇을 하든지 상관하지 않겠소. 하지만 일당은 받아야겠소. 그건 우리가 일한 대가요."

진도문주 쾌청검(快晴劍) 목운영(睦雲英)은 돈이 없어서가 아니라 기분이 나빠져서 돈을 주기가 싫었다.

그는 미간을 좁히며 위협하듯이 말했다.

"좋게 말할 때 가지 않으면 너희를 죽일 수도 있다."

진도제는 더 이상 말이 씨알도 먹히지 않는다는 사실을 깨달았다.

일당 몇 푼 받아내려다가 애꿎은 수하들을 죽게 할 수는 없는 일이다.

그런데 그때 어디선가 웅혼한 외침이 터졌다.

"목운영! 그들에게 돈을 줘라!"

외침에 중후한 공력이 묵직하게 실려 있었으므로 목운영은 움찔 놀라서 급히 외침이 들려온 곳을 쳐다보았다.

목운영을 비롯한 중인들은 입구 쪽에서 세 사람이 이쪽으로 걸어오는 모습을 보았다.

목운영의 시선이 그들 중에 선두에 선 우람한 체구를 지닌 장한에게 꽂혔다가 안색이 확 변했다.

"앗!"

목운영은 장한이 예전 오룡방주였던 손록이라는 사실을 한눈에 알아보았다.

목운영이 손록보다 대여섯 살 많지만 무림에서는 나이가 아니라 실력으로 말한다.

손록의 얼굴을 아는 사람은 목운영뿐이라서 다른 사람들은 상황을 눈치채지 못한 채 그저 몹시 긴장하여 지켜만 보았다.

이윽고 가까이 다가온 손록은 수하에게 명령하듯 목운영에게 냉랭하게 말했다.

"목운영, 내 말 못 들었느냐? 저들에게 오늘 일당을 주라는 말이다."

목운영의 얼굴이 참담하게 일그러지더니 잠시 후 깊숙이 허리를 굽혔다.

"방주, 여기까지 어인 행차입니까?"

진도제와 정교춘을 비롯한 모든 사람들은 목운영의 돌변한 행동에 크게 놀랐다.

목운영은 해웅방주와 더불어서 평호현의 일이 위를 다투는 인물인데 낯선 인물에게 허리를 굽히고 있는 것이다.

손록 뒤쪽의 두 여인은 민수림과 부옥령이다. 그녀들의 시선은 아까부터 진검룡에게 고정되어 있었다.

사람들의 시선이 손록과 목운영에게 고정되어 있기에 망정이지 아니면 다들 이상하게 여길 것이 분명했다.

손록은 허리를 펴지 못하고 있는 목운영에게 다 알고 있다는 듯이 말했다.

"진도문이 대창 포구를 접수하려는 것이냐?"

"......."

"영웅문 소유의 대창 포구를 진도문이 접수하고서도 무사할 것 같으냐?"

"방주……."

"나는 오룡방주가 아니라 영웅문 오룡당주다."

"……."

사람들은 그제야 손록의 정체를 알게 되어 소스라치게 놀란 얼굴로 그를 주시했다.

항주 영웅문에 있거나 영웅문주인 전광신수를 모시고 강서성 남창에 있어야 할 손록이 느닷없이 이곳에 나타난 것을 보고 사람들은 놀라면서도 어리둥절했다.

그런데 사람들의 시선은 자연스럽게 손록 뒤쪽에 나란히 서 있는 민수림과 부옥령에게 옮겨갔다.

그리고 다음 순간 사람들은 민수림과 부옥령이 누군지 짐작하게 되었다.

세상천지에 저토록 아름다운 여자는 영웅문의 태상문주인 철옥신수와 좌호법인 무정신수뿐이라는 것을 사람들은 너무도 잘 알고 있다.

무림에 떠도는 소문에 대해서는 그다지 관심이 없는 진도제이지만 그래도 천하제일미 철옥신수와 무정신수에 대한 소문은 알고 있다.

사실 천하제일미에 대해서가 아니라 영웅문의 세 영웅, 영웅삼신수에 대한 소문이다.

어쨌든 영웅삼신수에 대한 소문을 듣다 보니까 그중에 철옥신수와 무정신수가 천하절색이라는 소문까지 들은 것이다.

목운영도 허리를 펴다가 손록 뒤에 서 있는 두 여자를 발견하곤 사색이 되었다.

목운영은 손록과 철옥신수, 무정신수가 이곳에 나타난 이상 오늘은 십중팔구 자신이 죽고 진도문이 멸문할 것이라고 짐작했다.

목운영은 그 자리에 엎어지듯이 무릎을 꿇었다. 꿇지 않을 수가 없다.

"잘못했습니다. 죽을죄를 졌습니다… 용서해 주십시오."

애초 그의 계획은 대창 포구를 접수한 후에 시위를 벌이면서 영웅문주의 자비를 바라는 것인데 이처럼 대창 포구를 접수하려는 과정에서 산통이 깨져 버린다면 죽도 밥도 안 되기에 그저 자신과 진도문을 위해서 애원하는 길밖에 없다.

부옥령이 앞으로 나섰다.

"일어나라."

목운영은 몸을 떨면서 천천히 일어나 공손히 시립했다.

부옥령은 진검룡을 보면서 살짝 미소를 짓고는 다시 목운영을 보며 말했다.

"네가 무엇 때문에 대창 포구를 접수하려는 것인지 이유를 아니까 용서하겠다."

"……"

목운영은 크게 놀라서 눈을 크게 뜨고 부옥령을 쳐다보았다.

부옥령은 눈살을 찌푸렸다.

"그런 식으로 계속 나를 쳐다본다면 당장 네 모가지를 끊어 버리겠다."

목운영은 화들짝 놀라서 급히 눈을 내리깔았다.

부옥령의 말이 이어졌다.

"오늘부로 영웅문에서 발주하는 운송의 물량을 예전으로 되돌리겠다."

목운영과 진도제, 정교춘을 비롯한 모든 사람들이 화들짝 놀라는데 여기저기에서 탄성이 흘러나왔다.

"진도문과 해웅방은 사람을 영웅문으로 보내서 새로운 계약을 체결하도록 해라."

지금 부옥령이 하는 말의 내용은 진검룡이 전음으로 지시한 것들이다.

"아아……."

사람들은 자신의 귀를 의심할 정도로 기쁜 표정이 되어 어쩔 줄을 몰랐다.

그리고 이어지는 부옥령의 다음 말에 모든 사람들이 입에 거품을 물고 혼비백산했다.

"진도문과 해웅방에 각각 은자 백만 냥씩 지급할 테니 그것으로 지난 몇 달 동안의 피해를 메워라."

*　　　　*　　　　*

목운영과 진도제 등은 극도로 경악하여 믿지 못하는 표정을 지었다.

"저… 정말입니까?"

"은… 자 백만 냥을 정말로 주시는 겁니까?"

은자 백만 냥이면 진도문이나 해웅방은 당장에 형편이 확 필 수 있다.

약간의 차이는 있겠지만 진도문과 해웅방 같은 중소방파의 한 달 경비는 은자 오만 냥이면 뒤집어쓴다.

두 방파가 일을 하지 못한 기간이 길어야 넉 달을 넘기지 못하는데 은자 백만 냥을 주면서 벌충을 하라니 너무 고마워서 믿어지지 않은 것이다.

부옥령이 못을 박았다.

"지금 줄까?"

"아… 아닙니다."

은자 백만 냥을 지금 준다면 더할 나위 없겠지만 목운영은 당황해서 황급히 두 손을 저었다.

그러나 당장 저녁 끼니가 없는 진도제는 달랐다.

"주실 수 있으면 지금 주십시오."

부옥령은 고개를 끄떡였다.

“오냐, 지금 즉시 해웅방주를 불러와라. 문주와 방주에게 직접 주마.”

진도제는 십칠팔 세로 보이는 부옥령이 사십오 세인 자신에게 거침없이 하대를 하자 그녀를 빤히 쳐다보았다.

기분이 나빠서 어떻게 해보려는 것이 아니라 어째서 이처럼 어린 여자가 아버지 같은 자신에게 눈도 까딱하지 않고 하대를 할 수 있는지 신기한 생각마저 들어서였다.

부옥령은 진도제가 자신을 빤히 쳐다보는 것이 마음에 들지 않아서 발끈했다.

“뭘 보는 것이냐? 눈알을 파버릴까?”

“아…….”

진도제는 움찔 놀라서 즉시 고개를 숙였다. 그는 상대가 영웅문 좌호법인 무정신수라는 사실을 잠시 망각했던 자신을 꾸짖었다.

그때 부옥령의 귀에 민수림의 전음이 전해졌다.

[그는 검룡의 부친이에요.]

‘악!’

그 사실을 깜빡 잊고 있었던 부옥령은 하마터면 단말마의 비명을 내지를 뻔했다.

부옥령은 급히 진검룡을 쳐다보았다.

진검룡은 돌처럼 굳은 표정으로 부옥령을 쏘아보며 깊은 생각에 잠겨 있어서 그녀는 심장이 오그라들었다.

그러나 사실 진검룡은 시선만 부옥령 쪽으로 준 것이지 그녀를 보고 있지 않은 채 생각에 잠겨 있는 중이다.

그걸 모르는 부옥령은 자신이 진도제에게 함부로 행동했기 때문에 진검룡이 화가 난 것이라고 지레짐작했다.

부옥령은 고개를 푹 숙이고 있는 진도제의 손을 덥석 잡으면서 간드러지는 목소리로 말했다.

"어머나! 방금 전에 소녀가 말이 너무 심했지요? 부디 용서해 주세요. 네?"

"으… 어……."

진도제는 너무 놀라 꿈속에서 귀신을 본 것 같은 표정을 지으며 뒤로 물러났다.

부옥령은 진도제가 시아버지라도 되는 것처럼 눈을 희번덕거리면서 아양을 떨었다.

"아잉……! 용서해 주신다고 말씀하세요."

현재 영웅삼신수는 절강무림에서 최고수라고 소문이 난 인물들이다.

그런데 그들 중에 무정신수가 느닷없이 극독에 중독된 것처럼 얼굴을 해괴하게 일그러뜨리면서 혀 꼬부라지는 소리를 내자 진도제는 하늘이 노래지는 것 같아서 어떻게 대처해야 할지 갈피를 잡지 못했다.

"으으… 왜… 이러십니까……?"

지금 이곳에 있는 사람들 중에서 진검룡과 민수림, 손록을 제외하고는 부옥령이 어째서 갑자기 저런 행동을 하는 것인지 아무도 이해하지 못했다.

그들의 눈에는 그저 부옥령이 진도제를 농락하고 있는 것으로 보일 뿐이다.

그렇지만 어떻게 해서라도 진검룡의 화를 풀어야만 한다고 생각하는 부옥령으로서는 이런 행동을 멈출 수가 없다.

그녀는 조금 더 적극적인 행동을 하기로 마음먹었다. 아예 이 일에 목숨을 걸었다.

그녀는 얼굴이 새파랗게 질려서 연신 뒷걸음질 치고 있는 진도제를 바싹 따라붙으며 두 팔로 그의 팔을 가슴에 안으며 몸을 흔들었다.

"아이~! 왜 자꾸 물러나시는 거예요? 용서해 주신다고 한마디만 해주세요. 네~?"

그녀의 행동은 결사적인 몸부림이었다.

진도제는 부옥령의 터질 듯이 풍만한 가슴이 팔에 물컹거리면서 느껴지자 입에서 게거품이 부글거리고 온몸이 사시나무처럼 마구 떨렸다.

그는 자신이 모르는 사이에 무슨 대죄를 지은 것이 분명하다고 확신했다.

그러지 않고서야 무정신수가 어째서 이런 말도 안 되는 개지랄을 떨겠는가.

진도제는 이런 변두리의 소규모 방파에서 당주 지위에 연연

할 정도의 인물일 뿐이다.

그러므로 그의 성품이나 생각, 무공도 그 정도에 정확하게 맞춰져 있다.

그는 머릿속이 하얘지고 눈앞이 캄캄해지는 것을 느끼며 자신이 어떤 행동이라도 취해서 무정신수의 노여움을 풀어야겠다고 절박하게 생각했다.

진도문과 해웅방에 각각 은자 백만 냥씩 지금 당장 주겠다는 말까지 나왔는데 일이 이렇게 틀어져 버린다면 그는 목에 칼을 찌르고 죽어서도 그 죄를 씻지 못할 터이다.

그는 부옥령의 팔을 뿌리치고 그 자리에 땅을 파고들 것처럼 온몸을 내던지며 부복했다.

"가, 각하! 대체 왜 이러십니까?"

"아니……."

진도제는 이마로 땅바닥을 쿵쿵 세차게 찧으면서 피눈물을 흘릴 것처럼 울부짖었다.

"제가 무슨 잘못을 저질렀는지 말씀을 해주시면 거기에 대해서 사죄를 드리겠습니다……!"

그는 이대로 일이 틀어져서 은자 백만 냥을 못 받게 되면 천추의 한을 남기는 것이라고 생각하여 심장이 쪼개질 것처럼 절박해졌다.

"각하……! 부디 자비를 베푸시어 용서해 주십시오……!"

쿵쿵쿵쿵쿵!

그가 얼마나 세차게 이마로 땅을 찧는지 지축이 울려서 가까운 곳에 서 있는 사람의 다리가 흔들렸다.

"아아……."

부옥령은 예상치 않게 일이 걷잡을 수 없이 커지자 어쩔 줄 모르고 당황했다.

그녀는 자신이 진도제를 달래면 어렵지 않게 해결될 것이라고 여겼었다.

그런데 상황이 말도 안 되게 점점 더 악화되자 돌아버릴 것만 같았다.

"대체 왜 그러는 건가요? 내가 뭘 잘못했죠? 말을 해야 알 것 아니겠어요?"

그러나 땅바닥에 이마를 찧는 일에 열중하고 있는 진도제의 귀에 그녀의 말이 들릴 리 만무했다.

그런데 갑자기 진도제가 벌떡 일어나더니 옆에 서 있는 정교춘의 손에서 검을 낚아챘다.

탁!

"어엇?!"

정교춘이 놀라는 순간 그의 검을 뺏은 진도제는 다시 무릎을 꿇으며 그 검의 칼날을 자신의 목에 갖다 댔다.

"각하! 저 하나의 죽음으로 제 잘못을 용서하십시오……!"

"앗!"

"아앗!"

부옥령은 까무러칠 것처럼 경악했으며 옆에 서 있는 민수림도 기겁했다.

진검룡도 크게 놀라서 번쩍! 하고 몸을 움직여 찰나지간에 진도제 뒤에 이르렀다.

부옥령은 무형지기를 발출하여 진도제를 꼼짝 못 하게 해놓고는 그의 손에서 검을 뺏었다.

"으으……."

영문도 모르는 채 뻣뻣해진 진도제는 식은땀을 흘리면서 눈을 커다랗게 떴다.

부옥령은 복잡한 표정으로 진도제를 굽어보았다. 진도제가 정교춘의 검을 낚아채서 자신의 목에 검을 갖다 대는 짧은 순간에 부옥령은 뭐가 잘못됐는지 깨달았다.

부옥령은 지금 상황에서 자신이 할 수 있는 일이 없다는 사실 역시 깨달았다. 그녀가 무언가를 하면 할수록 일이 더욱 꼬일 것이다.

그녀는 검을 슬쩍 정교춘에게 던져주고 뒤로 두 걸음 천천히 물러나면서 아무 말도 하지 않았다.

그러면서 진도제 뒤에 서 있는 진검룡을 쳐다보자 그가 빙그레 미소를 지었다.

[령아, 네가 잘못한 건 없다. 괜찮아.]

"……!"

부옥령은 머리 뒤꼭지가 갑자기 쑥! 함몰되고 심장을 세게 꼭 쥔 것 같은 감동을 받았다.

[내가 해결할 테니까 너는 가만히 있어.]

진검룡의 따스한 위로의 말에 부옥령은 대답도 하지 못하고 눈시울이 뜨거워졌다.

그녀는 눈물을 흘릴 것 같아서 몸을 돌려 먼 곳을 보며 괜히 애꿎은 눈만 깜빡거렸다.

이윽고 진검룡이 진도제 앞으로 나서려는데 민수림의 전음이 들려왔다.

[검룡은 아직 나서지 않는 게 좋겠어요.]

진검룡이 쳐다보자 민수림은 배시시 미소 지었다.

[아버님께선 현실을 받아들이기 어려우실 거예요.]

그렇다. 민수림 말이 백번 옳다. 진검룡이 영웅문주인 것을 알면 진도제와 진솔한 대화를 나누기가 어려워질 것이다. 아니, 진솔한 대화 자체가 불가능하다.

부옥령도 안 되고 진검룡도 안 되면 나설 사람은 이제 민수림뿐이다.

"일어나세요."

민수림이 두 걸음 이동해서 진도제 앞으로 다가오며 사근거리며 말했다.

민수림은 진도제가 일어서기를 기다렸다가 말했다.

"한 시진 후에 진도문주와 해웅방주를 데리고 오세요. 그 자리에서 돈을 주겠어요."

진도제는 내심 크게 한숨을 내쉬었다. 그가 보니까 조금 전까지 개지랄을 떨던 부옥령은 뒷모습을 보인 채 먼 곳을 응시하고 있다.

아무래도 저 이상한 여자의 발작이 멈춘 모양이다. 무슨 병인지 모르지만 무서운 병인 것 같다.

민수림의 청아한 목소리가 자늑자늑 장내를 울렸다.

"그 자리에 당신과 당신도 같이 나오세요."

민수림은 진도제와 정교춘을 가리켰다. 진도제만 나오라고 하면 이상하게 여길까 봐 정교춘까지 부른 것이다.

"장소는 어디가 좋겠어요?"

영웅문 태상문주의 말이라서 다들 긴장한 표정으로 찍소리도 하지 않고 들었다.

중인들이 보기에 민수림은 천하절색의 미모와 천상의 우아한 목소리까지 겸비하고 있다.

그뿐이 아니라 범접할 수 없는 최상의 품격을 지니고 있어서 저절로 우러러보게 만들었다.

반면에 부옥령은 민수림에 버금가는 미모를 지녔지만 그녀는 무조건 무서웠다.

진도문주가 공손히 대답했다.

"본문이 좋겠습니다."

진도제가 께름칙한 표정을 짓자 손록이 그것을 간파했다.

"소저, 평호현 내에 본문 소유의 기루가 있습니다."

모임을 진도문에서 하게 되면 상대적으로 해웅방의 격이 떨어질 우려가 있다.

손록은 그런 점을 헤아려서 영웅문 소유의 기루에서 모이자고 말한 것이다.

민수림이 가볍게 고개를 끄떡이는 것을 보고 손록이 모두에게 말했다.

"한 시진 후, 현 내 홍학루(紅鶴樓)에서 봅시다."

손록은 지금까지 하대를 찍찍 했으나 코앞에 진도제가 있기 때문에 함부로 하지 못했다.

민수림은 진검룡에게 따스한 눈길을 보내고는 몸을 돌려 입구 쪽으로 걸어갔다.

손록은 진검룡에게 보일 듯 말 듯 고개를 살짝 숙이고 돌아섰으며, 부옥령은 그를 빤히 응시하면서 무슨 말인가 하려는 듯 망설이다가 입술을 깨물며 돌아섰다.

민수림과 부옥령, 손록이 자리를 떠난 후에 잠시 침묵이 흐르는 것 같더니 느닷없이 목운영이 진도제를 핍박했다.

"대체 너는 무정신수에게 무슨 죄를 지은 것이냐?"

진도제는 움찔 놀랐다가 착잡한 표정을 지으면서 고개를 절레절레 가로저었다.

"모르겠소."

진도문주 목운영은 버럭 고함을 쳤다.

"하마터면 너 때문에 일이 틀어질 뻔하지 않았느냐?"

진도제는 자신이 무슨 죄를 지었는지는 모르지만 조금 전에 부옥령이 한 행동으로 미루어 자신이 죄를 지은 것이 분명하다고 짐작했다.

그랬기에 목운영의 질타에도 아무 변명도 하지 못하고 고스란히 듣고만 있는 것이다.

第百三十四章

너무나도 사랑하기에

진도문과 해웅방은 둘 다 정파인데 목운영은 평소에도 해웅방 사람들을 업신여겼었다.

진도문은 완전한 정파인 데 비해서 해웅방은 절반만 정파라는 얼토당토않은 주장이다.

그랬기에 목운영의 꾸짖음은 쉽게 그치지 않았다.

"너희가 그러니까 촌구석 방파 소리를 듣는 것이다."

듣다 못한 진검룡이 나섰다.

"하나 묻겠소."

"너는 뭐냐?"

허름한 인부 차림인 진검룡을 보고는 목운영이 얼굴을 찌푸리며 못마땅한 얼굴로 물었다.

아까 진검룡이 야적장에서 펼쳤던 신기를 목운영이 봤다면 이런 식으로 그를 대하지는 못할 것이다.

진도제는 진검룡이 백 관짜리 궤짝을 손에 쥐고 허공에 정지한 채 떠 있는 광경을 목격했기에 그가 비범한 사람일 것이라고 짐작했다.

"나서지 마오."

진도제는 자신 때문에 낯선 청년이 해를 입을까 봐 나서는 것을 만류했다.

그런데 목운영이 그냥 두지 않았다.

"너는 뭐냐고 물었다."

진검룡은 태연하게 대꾸했다.

"보다시피 인부요."

"해웅방 졸개냐?"

"좋을 대로 생각하시오."

목운영은 정파인이며 나쁜 사람은 아니지만 으스대거나 남을 무시하는 경향이 있다.

"묻겠다는 것이 뭐냐?"

진검룡은 조금도 굴하지 않고 진도제를 가리키면서 조용한 목소리로 물었다.

"진 당주가 무엇을 잘못했소?"

목운영은 힐끗 진도제를 봤지만 대답하지 못했다. 당연하다.

진도제는 잘못한 것이 없기 때문이다.

진검룡은 한 번 더 조였다.

"그가 무슨 잘못을 했는지 말해보시오."

목운영은 짜증스러운 표정을 지었다.

"모른다. 하지만 그는 무정신수에게 잘못을 했다."

진검룡의 입술 끝에 차가운 조소가 매달렸다.

"무정신수에게 잘못은 했는데 무슨 잘못을 했는지 당신은 모른다? 그게 말이 된다고 생각하오?"

이제는 진검룡이 목운영을 꾸짖는 꼴이 되었다.

"상대가 무엇을 잘못했으면 거기에 대해서 꾸짖는 것이 상식인데 상대가 무엇을 잘못했는지도 모르면서 무작정 꾸짖는 것은 그야말로 몰상식이 아니겠소?"

그의 말은 이치에 딱딱 들어맞아서 제아무리 목운영이라고 해도 억지를 쓸 수가 없었다.

목운영은 조금 삐딱한 성격이기는 하지만 후안무치한 인물은 아니다.

진도제의 경우라면 말이 안 되더라도 목운영이 밀어붙이면 되는데 진검룡은 다르다.

진도제는 나 죽었소 하고 가만히 있지만 진검룡은 따박따박 이치에 맞는 말대꾸를 하기 때문이다.

진검룡은 목운영이 진도제에게 사과하기를 원하지만 그렇게 밀어붙이면 일이 복잡해질 것 같아서 그만두었다.

그 대신 진검룡은 목운영에게 마지막 일침을 꽂았다.

"앞으로 진 당주에게는 언행을 조심하시오."

진검룡은 목운영의 얼굴이 보기 싫게 일그러지는 것을 힐끗 보고는 진도제에게 입구 쪽을 가리켰다.

"갑시다."

"어… 그러지."

진검룡은 목운영이 허튼짓을 하면 이번에는 참지 않고 묵사발을 만들려고 했지만 그는 진검룡이 입구에 이를 때까지 잠자코 있었다.

대창 포구 입구에서 진도제가 진중한 표정으로 진검룡에게 물었다.

"귀하는 누구시오?"

진검룡은 그가 그렇게 물을 줄 예상했었다.

"뜨내기요."

"이제부터 어떻게 할 거요?"

진도제는 진검룡이 악인이 아니라고 판단한 것 같다. 그의 말은 갈 곳이 없으면 자신을 따라와도 된다는 뜻이다.

진도제는 진검룡이 절정고수일 것이라고 짐작했지만 절정고수도 형편에 따라서는 갈 곳이 없기도 하고 막일을 해서 돈을 마련할 수도 있다고 생각했다.

그것 하나만 봐도 진검룡은 올바른 사람이라고 진도제는

생각했다.

그 정도로 엄청난 무위를 지녔으면 아주 간단한 방법으로 큰돈을 벌 수 있을 텐데도 그러지 않고 포구에서 하역 일을 하여 푼돈을 벌려는 것을 보면 말이다.

진검룡은 어깨를 으쓱했다.

"딱히 할 일이 없소."

진도제가 보기에 진검룡의 무위라면 해웅방주나 진도문주를 간단하게 이길 수 있을 것 같았다.

"나와 같이 가겠소?"

"어디로 말이오?"

진도제는 빙그레 미소 지었다.

"아까 들어서 알겠지만 나는 평호현 해웅방의 당주요. 우리들은 지금부터 해웅방에 가서 방주에게 여기에서 있었던 일을 보고할 것이오."

"그렇군요."

원래 진도제는 남의 일에 개입하는 것을 그다지 좋아하지 않는 성격이지만 진검룡을 매우 좋게 봤기에 그에게 호의를 베풀고 있는 것이다.

특히 아까 궤짝 더미가 무너질 뻔했는데 진검룡이 막아준 것과 목운영이 진도제를 핍박할 때 나서준 것이 고마웠다.

궤짝 더미가 무너질 때 진검룡이 나서지 않았으면 그의 절륜한 무공이 드러나지 않았을 것이다.

진검룡이 낯선 타지에서 인부가 되어 하역 일을 할 정도면 자신의 무공을 감추고 싶었을 텐데도 위험을 보고 가만히 있지 않은 것이다.

그런데도 불구하고 그가 나서서 사람이 다치거나 궤짝 더미가 무너져서 낭패한 상황이 되는 것을 미연에 방지했으니 진도제가 봤을 때 더없이 고마운 일이다.

그러지 않았으면 궤짝 안의 물건들이 크게 훼손되어 엄청난 금액을 변상했을 수도 있다.

그것만 봐도 진검룡은 의인이라고 할 수 있다.

그리고 두 번째, 진도제가 목운영에게 핍박을 당하고 있을 때 진검룡이 나서준 것은 그가 불의를 보고 참지 못하는 성격을 단적으로 나타낸 것이다.

그것 때문에 무심한 성격인 진도제의 마음이 크게 움직인 것이다.

진검룡은 진도제를 따라서 해웅방에 갔다. 대창 포구에서 같이 일하던 삼십여 명의 수하들도 우르르 몰려갔다.

해웅방을 걸어가면서 수하들은 진검룡에게 상선에서 붉은 궤짝이 백 관이나 나간다는 사실을 미리 말해주지 못했던 것을 사과했다.

진검룡이 별일 아니라면서 손사래를 치며 웃자 수하들은 크게 안심했다.

"이름이 뭡니까?"

진검룡의 엄청난 무위를 본 수하들은 그에게 감히 함부로 하지 못하고 깍듯하게 존대를 했다.

진검룡은 엷은 미소를 지었다.

"검룡이오."

수하들은 성이 검이고 이름이 외자인 룡이라고 알아들었다.

진도제는 수하들과 진검룡이 거리낌 없이 대화를 하면서 거리를 활보하는 모습을 흐뭇하게 지켜보면서 걸었다.

그렇게 대창 포구에서 해웅방까지 삼 리 정도를 걸어오는 동안 수하들은 진검룡과 꽤 친해졌다.

물론 수하들의 일방적인 생각일 뿐이었다.

진도제는 해웅방주와 함께 약속 장소인 홍학루에 갔다.

진도제의 설명을 들은 해웅방주는 처음에는 믿지 못하겠다는 표정을 지었으나 그 자리에 같이 있었던 수하들이 입을 모아 진도제의 말이 맞다고 증언을 하자 마침내 해웅방주의 입이 귀에 걸렸다.

영웅문 태상문주인 철옥신수가 진도제를 콕 지목해서 해웅방주와 꼭 같이 오라고 했기 때문에 그도 홍학루에 갈 수밖에 없다.

진도제는 해웅방을 출발하기 전에 진검룡에게 자신이 돌아올 때까지 가지 말고 기다려 달라고 당부를 했다.

그러면서 수하 몇 명에게 진검룡을 잘 대접하라고 지시를 해두었다.

진검룡은 평호현에 온 목적이 진도제에 대해서 알아보기 위함이기 때문에 그의 말에 기꺼이 따랐다.

진도제와 해웅방주, 총관, 총당주 등이 떠난 후에 수하들은 진검룡을 반청(飯廳:식당)으로 안내했다.

그곳은 이 층의 낡은 건물이며 일 층은 탁 트인 넓은 공간에 삼십여 개의 탁자들이 줄지어 늘어져 있고, 이층은 숙수와 식당 일을 하는 사람들의 숙소였다.

해웅방은 넉 달 전부터 일거리를 통째로 잃었기 때문에 반청의 숙수와 하녀들도 절반 이상 떠났다.

해웅방에 출근하는 방도(幇徒)가 십분지 일도 안 되기 때문에 평소 반청에서 식사를 하는 사람은 거의 없다.

숙수와 하녀들은 진검룡을 비롯한 방도가 삼십여 명이나 들이닥치자 놀라서 어쩔 줄 몰랐다.

그러면서 갑자기 들이닥쳐서 요리와 술을 내놓으라고 하면 어떻게 하느냐고 숙수들이 울상을 지었다.

방도들은 이제 해웅방 형편이 한꺼번에 확 풀리게 생겼으니까 엄살떨지 말고 있는 재료 박박 긁어서 근사한 요리와 술을 내오라고 큰소리를 뻥뻥 쳤다.

방도들이 설레발을 떠는 말을 들은 숙수와 하녀들은 귀가

솔깃했다.

그녀들의 귀를 번쩍 뜨이게 만든 소리는 누가 뭐래도 오늘 영웅문이 해웅방에게 은자 백만 냥을 준다는 사실이다.

"그게 정말이에욧?"

"정말이다마다! 우리 모두 들었다니까!"

"영웅문 좌호법과 태상호법이 직접 그랬다니까!"

숙수들은 환호성을 터뜨리더니 커다란 궁둥이를 흔들면서 주방으로 달려 들어갔다.

방도들은 그녀들이 주방 안에서 있는 재료 모조리 박박 긁어모아서 최고의 요리를 만들자고 고함을 지르는 소리를 흐뭇한 표정으로 들었다.

민수림과 부옥령은 기운이 빠진 모습이다.

해웅방주, 진도제와 함께 진검룡도 같이 홍학루에 오는 줄 알았는데 그의 모습이 보이지 않았기 때문이다.

그래서 진도문주와 해웅방주 등에게 서둘러서 은자 백만 냥짜리 전표를 내주고, 항주 영웅문에 사람을 보내면 일거리를 예전처럼 환원시켜 주겠다고 말하고는 다들 돌려보냈다.

부옥령은 초조한 표정으로 민수림을 바라보았다.

"소저, 어쩌죠?"

"글쎄요."

부옥령은 진검룡을 못 본 지 두어 시진밖에 되지 않았는데 마치 누가 두 손으로 힘껏 목을 조르고 있는 것처럼 숨을 쉴 수가 없어 답답해서 미칠 지경이다.

부옥령은 진검룡을 만난 이후 잠잘 때를 빼고는 그림자처럼 그의 곁에 붙어 있었다.

술이 취했을 때는 진검룡이 민수림과 잘 때 부옥령도 은근슬쩍 꼽사리를 껴서 그의 품에 안겨 잠들기도 했었다.

그런데 오늘 진검룡과 두어 시진 동안 떨어져 있게 되자 부옥령은 그가 보고 싶어서 숨이 끊어지기 직전에 이르렀다.

"우리가 해웅방으로 갈까요?"

조금 전에 부옥령은 무리를 해서 진도제에게 진검룡이 어디에 있느냐고 물었다.

진검룡이라고 콕 찍어 물어볼 수가 없어서 아까 대창 포구에 있던 수하들이 어디에 있느냐고 묻자 진도제는 그들이 해웅방에서 기다리고 있을 것이라고 대답했다.

그래서 부옥령은 그들이 다 해웅방 수하냐고 물었고, 진도제는 다는 아니고 그중에 한 명은 낯선 청년이라고 대답했는데 부옥령은 기다렸다는 듯이 그 청년은 어디에 있느냐고 물어서 진검룡이 해웅방에 같이 있다는 사실을 알아낸 것이다.

진도제는 부옥령이 진검룡에 대해서 꼬치꼬치 묻는 것을 이상하게 생각했으나 부옥령은 내심 자신이 매우 자연스럽게 물었다고 생각했다.

민수림은 아름다운 눈으로 부옥령을 바라보았다.

"뭐라고 하고 해웅방에 가죠?"
"그건……."
일이 다 마무리됐는데 영웅문 태상문주와 좌호법이 무슨 이유를 대고 해웅방에 찾아가느냐가 걸림돌이다.
부옥령은 마땅한 이유가 없자 조바심이 나서 발을 굴렀다.
"꼭 이유가 있어야 하는 건가요?"
"무슨 말이죠?"
조바심이 나니까 진검룡이 더욱 보고 싶어서 환장할 지경이 됐다.
"소저는 주군이 보고 싶지 않으세요?"
부옥령은 따지듯이 단도직입적으로 물었다.
"보고 싶어요."
"얼마나 보고 싶은가요?"
부옥령은 설마 자신만큼 진검룡이 보고 싶지는 않을 것이라고 생각했다.
그런데 민수림은 나직이 한숨을 토해냈다.
"이상해요. 검룡을 보지 못하니까 숨이 막힐 것만 같아요."
"……."
부옥령은 머리에 얼음물을 뒤집어쓴 것 같은 충격을 받았다.

* * *

진검룡은 해웅방 반청에서 삼십여 명과 어울려 술을 마시고 있는데 반청이 떠나갈 것처럼 시끄러웠다.

해웅방 방도들이 진검룡 주위에 몰려들어 술을 권하면서 이것저것 질문을 쏟아내면 그는 그냥 지나가는 말로 한두 마디 대답을 하는 정도인데도 시끌시끌했다.

방도들은 진검룡의 어마어마한 무공을 눈으로 직접 목격했기에 절대로 그에게 함부로 행동하지 않았다.

방도들은 진검룡이 전설적인 은거기인이나 되는 것처럼 주위에 모여들어 시간 가는 줄 모르고 떠들어댔다.

그때 반청 입구로 한 사람이 들어섰는데 그는 다름 아닌 이곳 해웅방 철기당주 방교다.

예전부터 손록의 끄나풀이었던 그는 진검룡 일행이 평호현에 도착한 직후부터 줄곧 안내를 맡았었다.

방교는 수하들이 자신이 들어온지도 모른 채 탁자에 둥글게 모여앉아서 와글와글 시끄럽게 떠들고 있는 광경을 보고 눈살을 찌푸리며 다가갔다.

다른 볼일을 보러 갔던 방교는 해웅방주가 영웅문 사람들을 만나러 홍학루에 갔다는 사실을 까맣게 모르고 있기에 눈앞의 광경을 보고 기분이 언짢아졌다.

그런데 가까이 다가간 방교는 원을 형성하고 있는 수하들 한가운데에 진검룡이 앉아서 느긋하게 술을 마시고 있는 모습을 발견하고 크게 놀랐다.

"앗!"

그가 비명 같은 외침을 터뜨렸지만 와글거리는 소란스러움에 파묻혀 버렸다.

그러나 진검룡은 방도들 너머에 서 있는 방교를 발견하고 즉시 전음을 보냈다.

[내 신분을 밝히지 마라.]

방교는 움찔했으나 곧 공손히 대답했다.

[알겠습니다.]

그로부터 반 시진 후에 진도제와 해웅방주가 돌아왔다.

그들은 홍학루에서 만난 부옥령에게 거금 은자 백만 냥짜리 전표를 받았다.

그런 엄청난 액수의 전표를 그들은 살아생전에 처음 만져보았다. 두 사람은 전표를 받은 즉시 현 내의 전장에 가서 전액을 은자로 바꿨다.

이후 은자가 십만 냥씩 가득 담긴 열 개의 돈 상자를 수레에 싣고 개선장군처럼 해웅방 전문으로 들어섰다.

해웅방주는 속내가 탁 트이고 투명하며 화통한 인물로서 방도들의 존경을 받고 있었다.

그는 해웅방의 전 방도들을 모두 불러서 그동안 밀린 녹봉의 세 배를 한 명도 빠짐없이 나누어주었다.

일거리가 없어진 탓에 하는 수 없이 눈물을 머금고 방을 떠났던 방도들도 빠짐없이 불렀다.

그리고 내일부터 정상적으로 해웅방에 출근하라고 모두에게 당부의 말을 잊지 않았다.

진도제는 반청으로 달려 들어왔다.

그는 자신의 수하들에게 녹봉의 세 배를 골고루 다 나눠주고 나서야 자유롭게 되어 한달음에 진검룡에게 달려온 것이다.

반청에 그 많던 방도들은 밀린 녹봉을 준다는 말을 듣고는 한꺼번에 우르르 몰려 나가서 진검룡 혼자 남아서 술잔을 기울이고 있었다.

진도제는 진검룡 앞에 앉으며 사과했다.

"늦어서 미안하오."

"괜찮소."

진도제는 탁자에 놓인 빈 잔에 스스로 술을 따르며 지나가는 말처럼 물었다.

"이제 어떻게 할 거요?"

"오늘 밤에 묵을 곳을 찾아야겠소."

진검룡은 실제로 오늘 밤 묵을 곳이 필요하지 않지만 그렇게 말했다.

이대로 돌아서면 진도제하고 다시 연결되는 것이 쉽지 않을 것이기 때문이다.

진도제는 진검룡을 물끄러미 보더니 조심스럽게 말했다.

"누추하지만 우리 집에 같이 가겠소?"

진검룡은 흠칫 놀랐다. 진도제가 설마 자신의 집에 가자고 할 줄은 예상하지 못했다.

진도제는 진검룡이 무공은 절정고수 수준이면서도 돈이 없는 가난한 신세일 것이라고 짐작했다. 오죽하면 대창 포구에 하역 작업을 하러 왔겠는가.

그러나 진도제로서는 그가 어째서 그런 신세가 됐는지에 대해서는 상상도 할 수가 없다.

다만 절정고수도 가난할 수 있다는 새로운 사실을 알게 됐을 뿐이다.

진검룡은 진도제에 대해서 자세히 알려면 그의 집에서 하룻밤 정도 묵는 것도 괜찮은 방법이라는 생각이 들어서 넌지시 물었다.

"그래도 되겠소?"

"물론이오."

진도제가 먼저 일어섰다.

"갑시다."

진검룡은 앉은 채 그를 보며 물었다.

"어째서 내게 친절한 것이오?"

"귀하는 내게 어째서 도움을 준 것이오?"

"다른 뜻은 없소. 그때 상황이 그랬을 뿐이오."

진도제는 엷은 미소를 지었다.

"나도 그렇소. 지금 상황이 귀하를 내 집으로 모셔야 할 것 같기 때문이오."

더 이상 적당한 이유가 없을 것 같았다.

민수림과 부옥령, 손록은 먼발치에서 진검룡과 진도제를 미행하고 있다.

지금까지 세 사람은 해웅방 반청 지붕에 엎드려서 있으면서 반청 안에서 벌어졌던 일에 대해서 다 들었다.

진검룡이 부친 진도제에 대해서 자세한 것을 알아내려고 이곳에 온 것을 알고 있기에 민수림 등은 그저 지켜볼 수밖에 없는 상황이다.

민수림이 불쑥 전음으로 말했다.

[돌아가요.]

부옥령은 화들짝 놀랐다.

[주군을 저대로 놔두고 그냥 돌아간다는 말씀인가요?]

[우리가 검룡을 뒤따라가서 무엇을 할 수 있죠?]

[그것은…….]

부옥령은 말문이 막혔다. 생각을 해봐도 그녀가 진검룡을 위해 할 일은 없는 것 같았다.

[검룡을 감시하는 것도 아니고 주위에서 어슬렁거리는 우리 꼴만 우스워요.]

[그렇지만…….]

부옥령은 돌아가고 싶지 않았다.

[여기에 남고 싶은가요?]

[…….]

부옥령은 여기에 남고 싶지만 대답하지 못했다. 그녀는 이날까지 한 번도 민수림, 아니, 천상옥녀의 말을 거스른 적이 없었기 때문이다.

민수림은 걸음을 멈추더니 왔던 방향으로 몸을 돌렸다.

[나는 돌아가겠어요.]

부옥령은 손록이 민수림을 따라가는 것을 물끄러미 바라보다가 결국 자신도 발길을 돌렸다.

민수림 말마따나 자신이 진검룡을 따라가더라도 진도제 집 주위를 어슬렁거리면서 배회하는 것 말고는 딱히 할 일이 없기 때문이다.

진도제는 집 대문을 밀고 들어섰다.

"나 왔소!"

평소에 그는 이런 식으로 자신의 귀가를 알리지 않았지만 오늘은 손님이 있어서 미리 알렸다.

그러자 마당 너머에 있는 집의 문이 열리며 한 아이가 쪼르르 달려 나오며 반갑게 외쳤다.

"아버지 오셨습니까?"

"오냐."

아이는 십일이 세 정도로 보이는 소년이었는데 진도제에게 꾸벅 허리를 굽혀 인사를 했다.

그 또래의 남자아이들은 버릇이 없게 마련인데 이 소년은 예의가 있었다.

그런데 진검룡은 소년을 한 번 본 적이 있었다. 아까 강에서 진검룡이 낚싯대를 고쳐주고 낚시 방법을 알려줘서 커다란 잉어를 잡게 했던 바로 그 소년이었다.

그런데 소년도 진검룡을 알아보고 반가운 표정을 지으며 꾸벅 인사를 했다.

"안녕하세요!"

"그래."

진검룡은 고개를 끄떡이며 엷은 미소를 지었다.

그때 열린 문밖에 다소곳이 서 있는 여인이 두 손을 행주치마에 닦으면서 미소 지었다.

"일찍 오셨네요."

진도제는 진검룡을 가리켰다.

"손님을 모시고 왔소."

"잘하셨어요. 안으로 드세요."

요즘은 생활이 매우 곤궁해서 손님을 데리고 오는 것이 반갑지 않을 텐데도 여인은 전혀 그런 내색을 하지 않고 미소로 맞이했다.

그런 것만 봐도 그녀가 막 배운 여자가 아니라는 사실을 짐작할 수가 있다.

여인, 그러니까 진도제의 아내는 집으로 걸어가는 진도제 옆에서 따르며 아이의 머리를 쓰다듬었다.

"오늘 성(星)아가 강에서 커다란 잉어를 잡아 왔기에 그것으로 잉어탕을 끓였어요."

진도제는 어린 아들이 커다란 잉어를 잡았다니까 적잖이 기특한 표정으로 머리를 쓰다듬었다.

"대단하구나."

소년 진검성(津劍星)이 진검룡의 가르침을 받고 잉어를 잡을 수 있었다고 말하려는 순간 그의 전음이 들렸다.

[비밀이다.]

진검성 성아는 부친의 뒤쪽으로 고개를 빼서 진검룡을 쳐다보았다.

진검룡이 엷은 미소를 지으며 고개를 끄떡이자 성아도 알았다는 듯 고개를 크게 끄떡였다.

진도제의 집은 한 채짜리 단층 건물이며 세 개의 방과 거실 겸 식당, 그리고 널빤지 칸막이 너머에 주방이 있는 단출한 구조로 되어 있다.

방 하나는 진도제 부부가 사용하고, 또 하나는 두 딸이, 그리고 제일 작은 방을 성아가 사용한다.

진도제는 아내를 데리고 자신들의 방으로 들어갔다.

문을 닫았는데도 잠시 후에 아내의 '악!' 하는 단말마의 비명이 터져 나왔다.

진검룡은 그녀의 비명이 왜 터졌는지 짐작할 수 있었다. 진도제가 그동안 밀린 녹봉과 특별 상여금을 합한 은자 오십 냥을 불쑥 내밀었기 때문일 것이다.

방안의 두 사람은 아무 말도 하지 않았는데 아마도 말이 필요 없으리라.

아내는 진도제가 내민 거금이 무슨 돈인지 짐작할 것이기 때문이다.

잠시 후에 '흑!' 하는 낮은 울음소리가 흘러나왔다.

아내는 울음소리를 내지 않으려고 애를 쓰는 것 같았지만 진검룡 귀에 들리지 않을 리가 없다.

진도제가 나올 때 진검룡은 일부러 팔짱을 낀 채 눈을 감고 상념에 잠긴 듯한 모습을 보였다. 그러는 편이 진도제를 덜 어색하도록 배려하는 것 같아서다.

그날 밤 저녁 식사의 주요리는 잉어탕이다.

때마침 진도제의 큰딸과 둘째 딸도 귀가하여 저녁 식사 자리를 함께했다.

한꺼번에 은자 오십 냥씩이나 손에 쥔 진도제의 아내는 한껏 솜씨를 뽐냈다.

주요리인 잉어탕 말고도 남편과 손님인 진검룡이 좋아할 만한 요리를 두어 가지 더 했으며, 자식들이 좋아하는 요리들도 서너 가지 만들어서 식탁이 터져 나갈 지경이다.

또한 아내는 장을 볼 때 진도제와 진검룡이 마실 술도 잊지 않고 사 왔다.

식사를 하면서 진도제는 진검룡에게 이것저것 꼬치꼬치 묻지 않았다.

그는 원래 질문을 많이 해서 상대를 귀찮게 하거나 곤란하게 만드는 것을 싫어한다.

진도제는 물론이고 아내와 두 딸, 그리고 막내 성아까지 다섯 식구 모두 진검룡에게 진한 호감을 갖고 있었다.

진도제와 성아는 이유를 말할 것도 없이 진검룡을 좋아했다.

아내는 거의 맹목적으로 진검룡을 좋게 보았다.

진도제는 평소에 거의 손님을 데리고 오지 않는 편인데 어쩌다가 가뭄에 콩 나듯이 데려오는 손님은 반드시 정인군자였기 때문에 진검룡도 그럴 것이라고 믿었기 때문이다.

십구 세, 십칠 세인 두 딸은 진검룡의 헌앙하고 준수한 외모를 보고 첫눈에 반해 버린 듯했다.

한창 이성에 눈을 뜨기 시작한 때인 두 딸은 너무도 멋진 진검룡의 외모에 저녁 식사고 뭐고 정신이 하나도 없었다.

진도제는 진검룡의 잔에 두 손으로 정중하게 술을 따르면서 넌지시 물었다.

"요리는 먹을 만하오?"

아내는 남편이 누군가에게 이처럼 정중한 모습을 처음 보고 내심 적잖이 놀랐다.

남편 진도제가 바깥에서 무슨 일을 하고 누굴 만나는지 전혀 모르고 있는 아내는 그가 집에 데리고 오는 손님에 한해서만 알고 있을 뿐이다.

第百三十五章

형제자매

"오랜만에 맛있는 요리를 먹어보오. 고맙소."

진검룡이 굵직하면서도 청아한 목소리로 대답을 하자 세 여자 즉, 아내와 두 딸은 눈에서 사랑스러움이 와르르 파도처럼 쏟아질 것처럼 진검룡을 바라보았다.

두 딸은 이제껏 한 번도 남자에 대해서 깊이 생각해 본 적이 없었다.

큰딸은 현 내 주루에서 회계를 보고 있으며 둘째 딸은 무도관에서 검술을 배우고 있다.

진도제는 무술을 배우고 싶어 하는 둘째 딸을 무도관에 보낼 만한 형편이 못 되었다.

대신 언니가 주루에 다녀서 버는 돈으로 동생의 무도관 수업료를 내고 있는 것이다.

큰딸은 주루에서 일해 한 달에 녹봉으로 은자 한 냥을 버는데 사실 적지 않은 수입이다.

그렇지만 무도관 수업료가 무려 은자 한 냥 반이라서 매월 어머니가 은자 반 냥 그러니까 구리돈 이십오 냥을 보태고 있었다.

진검룡은 처음 방교에게 진도제에 대한 설명을 들었을 때 분노가 치밀었었다.

진검룡의 어머니는 그가 다섯 살 때 죽었는데 부친은 훨씬 이전에 다른 여자와 혼인을 하여 자식들을 낳아 살고 있었다는 사실 때문이었다.

그런데 진검룡은 부친 진도제를 직접 만나서 몇 시진 겪어보고 나서는 부친이 생각했던 것처럼 무책임하거나 막돼먹은 사람이 아니라는 사실을 알게 되었다.

아니, 그뿐만이 아니라 비록 시골 작은 방파의 당주라는 별 볼 일 없는 지위지만 수하들에게 존경을 받고 있으며 나름 책임감 있고 소신이 뚜렷한 성격이었다.

그런 사람이 아내와 아들을 버리고 다른 여자와 혼인을 하여 가정을 이루었다는 사실이 믿어지지 않았다.

그러다가 이렇게 부친의 집에 와서 아내와 자식들을 두루 보게 되니까 그에 대한 분노나 원망보다는 가난하지만 이렇게 화목한 가정을 건사하고 있다는 사실이 부러우면서도 한편으로는 고맙기도 했다.

진검룡은 젓가락으로 잉어탕을 가리켰다.

"특히 이 잉어탕은 너무나 맛있어서 나 혼자 다 퍼먹고 싶을 정도요."

"어머?"

진도제 아내는 너무 기쁜 나머지 얼굴이 빨개져서 두 손을 가슴에 얹었다.

"설마 그 정도까지……."

"아니오. 나는 원래 잉어탕을 좋아하는 편이라서 잉어탕으로 유명한 곳을 몇 군데 다니면서 먹어봤소."

아내는 솔깃한 표정으로 눈도 깜빡이지 않고 진검룡을 말끄러미 바라보았다.

"어디 어디 다녀보셨나요?"

"항주 십엽루의 잉어보운탕과 남창 천향루의 잉어보명탕을 먹어봤지만 이것이 훨씬 더 맛있소."

"아… 믿어지지 않아요."

진도제는 천하에서도 손가락을 꼽을 만큼 유명한 십엽루와 천향루라는 명성을 들어본 적이 있다.

큰딸이 현 내에서 일이 위를 다투는 주루에 다니고 있는 덕분에 십엽루와 천향루가 어떤 주루인지 귀동냥으로 들어서 잘 알고 있던 것이다.

큰딸이 어머니에게 설명해 주었다.

"십엽루와 천향루는 천하제일루라고 해도 지나친 말이 아닐 정도로 유명해요."

진도제 아내가 잉어탕을 들고 일어섰다.

"식었으니 다시 데워 오겠어요."

*　　　　*　　　　*

저녁 식사가 끝났으나 아무도 일어서려고 하지 않았다.

당연한 일이지만 진도제 가족의 관심사는 진검룡에게 집중되어 있었다.

진도제 아내의 이름은 손하린(孫霞璘)이다. 그녀는 사십육 세인 진도제보다 세 살 연하인 사십삼 세다.

큰딸은 진보라(津寶羅)이고 둘째딸은 진보운(津寶雲)이다.

두 딸 진보라와 진보운은 아버지가 그동안 밀린 녹봉의 세 배와 그와 맞먹는 금액의 특별 상여금까지 한꺼번에 받았다는 말을 방에 들어가서 어머니에게 듣고는 너무 기뻐서 울음을 터뜨렸다.

그 말만 들어도 이제 고생은 끝이고 앞날은 무조건 행복할 것만 같았다.

잠시 흩어졌던 가족이 다시 식탁에 모였다.

막내 성아는 낮에 많이 뛰어다녔던 탓에 졸려서 꾸벅꾸벅

졸면서도 아버지 옆에 꼭 붙어 앉아 있었다.

손하린이 진검룡을 그윽하게 응시하며 물었다.

"뭐 잘 드세요? 만들어 드릴게요."

"배부릅니다."

손하린은 물러서지 않았다.

"그래도 젊잖아요. 잘 드실 거예요."

진검룡은 빙그레 미소 지었다.

"번거로우실 텐데……."

둘째 딸 진보운이 눈을 빛내면서 말했다.

"저희 어머니는 계탕면을 정말 잘 만드세요……!"

"어머, 얘는……?"

손하린은 그렇게 말하면서도 자신이 계탕면을 잘 못 만든다는 말은 하지 않았다.

진검룡은 가볍게 고개를 숙였다.

"그럼 부탁합니다."

"알았어요. 잠시만 기다리세요."

손하린은 명랑하게 외치듯이 말하고는 화살처럼 주방으로 달려갔다.

정말이지 손하린이 만든 계탕면은 맛있는 정도가 아니라 신의 경지에 도달한 맛이었다.

진검룡은 잉어탕을 많이 먹어서 배가 부른데도 계탕면을 세 그릇이나 먹었다.

그가 잘 먹는 모습을 진도제와 손하린, 그리고 두 자매가 흐뭇하게 미소를 지으면서 바라보았다.

막내 성아는 아버지에게 기대서 깊이 잠들었다.

진검룡은 절대 그럴 리가 없는데도 자신이 마치 꿈에 그리던 집에 돌아와서 어머니가 만들어준 요리를 배불리 먹은 듯한 착각에 빠졌다.

"꺼윽……."

너무 과식을 한 탓에 진검룡은 자신도 모르게 살짝 트림을 하고 말았다.

아무도 웃거나 뭐라고 하지 않는데 진검룡은 조금 민망해서 어색한 표정을 지었다.

"미안하오."

손하린은 두 손을 마구 저었다.

"아니에요. 미안할 거 없어요……!"

진검룡은 자신을 바라보는 손하린의 눈빛이 매우 특별하다는 사실을 뒤늦게 깨달았다.

아마도 다섯 살 때 돌아가신 진검룡의 생모가 살아 있었다면 아들을 바라보는 눈빛과 표정이 아마도 저럴 것 같았다.

그때 둘째 딸 진보운이 참고 참았던 질문을 했다.

"저… 검술 할 줄 알아요?"

진검룡은 고개를 끄떡였다.

"조금."

진보운은 부친을 가리켰다.

"아버지보다 뛰어난가요?"

손하린은 깜짝 놀라 손을 저었다.

"운아, 어떻게 그런 말을……."

"아비는 비교할 수도 없다."

그런데 진도제가 딱 잘라서 말했다.

이 집안에서 무술을 할 줄 아는 사람은 부친 진도제와 둘째 딸 진보운 두 사람뿐이다.

진검룡은 자신이 진도제의 말에 겸손을 떠는 것은 그를 부끄럽게 만드는 것이라서 가만히 있었다.

진보운은 부친이 무술에 매우 자부심을 지니고 있으며 그중에서도 특히 검술에 조예가 깊다는 사실을 잘 알고 있다.

진보운이 검술을 배우게 된 계기가 어렸을 때부터 부친이 집 뒤뜰에서 검술 연마를 하는 광경을 자주 보면서 자랐기 때문이었다.

진보운은 눈을 빛내면서 당돌하게 말했다.

"저랑 겨루어볼래요?"

"운아, 안 된다."

평소에 무술, 특히 검술은 대결을 많이 해봐야지만 실력이 쑥쑥 향상된다고 누누이 입버릇처럼 말한 부친이 냉랭할 정도로 차갑게 외쳤다.

"왜요?"

"너는 대협의 상대가 못 된다."

"……."

부친의 입에서 '대협'이라는 호칭이 나오자 진보운의 눈이 화등잔처럼 커졌다.

진도제는 가끔 자식들을 모아놓고 강호의 여러 얘기들을 해 주는데 그때마다 얘기에 등장하는 절정고수들을 '대협'이라고 호칭했었다.

그 기인괴담 속에 등장했던 '대협'이 지금 진보운의 눈앞에 앉아 있는 것이다.

그렇기 때문에 진보운은 절대로 이 절호의 기회를 놓칠 수가 없었다.

그녀는 발딱 일어서더니 진검룡을 향해 두 손을 앞에 모아 포권을 하며 정중히 부탁했다.

"대협, 대결을 원해요."

"운아!"

진도제가 언성을 높였지만 진보운은 단호한 표정으로 물러서지 않고 고개를 숙였다.

"간청해요."

진도제와 손하린, 진보라의 시선이 진검룡에게 집중됐다.

진검룡은 가볍게 고개를 끄떡였다.

"해보자."

잠든 막내 성아를 방 안에 눕혀놓은 진도제 가족과 진검룡은 뒤뜰로 나섰다.

평소에 진도제와 진보운 부녀가 검술 연마를 할 때 사용하던 목검을 가져와서 진검룡과 진보운이 나누어 쥐고 서로 마주 보는 자세로 대치했다.

진보운은 목검을 두 손으로 힘껏 움켜잡은 채 진검룡을 무섭게 쏘아보았다.

"공격할까요?"

그녀는 상대가 대협이라고 했으니까 자신이 먼저 공격하는 것쯤은 봐줄 것이라고 생각했다.

진검룡은 고개를 끄떡였다.

"해라."

한쪽에서 진도제와 손하린, 진보라가 나란히 서서 초조한 표정으로 지켜보고 있다.

진보운은 입술을 힘껏 깨물고 진검룡을 쏘아보면서 공격할 허점을 찾아보았다.

"……!"

그렇지만 사분지 일 각의 시간이 흐를 때까지도 그녀는 진검룡의 허점을 찾아내지 못했다.

진검룡은 오른손으로 목검을 쥔 채 땅을 향해 비스듬히 뻗은 채 우뚝 서서 담담한 표정을 짓고 있을 뿐 특별한 방어 자세를 취하고 있지 않았다.

그런데도 진보운은 몇 번이나 눈을 깜빡이면서 쏘아보아도 진검룡의 몸에서 허점을 찾을 수가 없었다.

진도제는 씁쓸한 미소를 지었다. 그는 진보운이 절대로 공격하지 못할 것이라고 짐작했다.

그가 찾아내지 못하는 진검룡의 허점을 진보운이 찾아낼 리가 없다.

그때 갑자기 진보운이 입술을 뾰족하게 내밀고 원망하듯 소리쳤다.

"너무해요!"

진검룡은 의아한 표정을 지었다.

"뭐가 너무하지?"

진보운은 날카롭게 항의했다.

"대결을 하려면 제가 공격을 해야만 하는데 대협께서 지금처럼 한 치의 허점도 보이지 않는다면 어떻게 공격을 할 수 있겠어요?"

진검룡은 진보운의 억지에 빙그레 미소를 지었다.

"내가 잘못했다."

"잘못했으면 허점을 만드세요!"

"알았다."

진검룡은 그녀의 항의가 조금도 밉지 않았다. 그것은 비슷한 나이 또래의 다른 소녀들의 행동과 전혀 달랐다.

이것은 마치 귀여운 여동생이 종알거리면서 오빠에게 떼를 쓰는 것만 같았다.

슥…….

진검룡은 목검을 쥔 오른손을 뒤로하여 아예 뒷짐을 진 것으로도 모자라서 두 걸음 앞으로 걸어가서 진보운과의 거리를 세 걸음으로 좁혔다.

진도제는 빙긋 미소를 지었다. 진검룡이 양보가 아니라 아예 온몸을 허점투성이로 만들었기 때문이다.

이쯤 되면 자신이 무시를 당했다는 생각에 공격을 하지 않는 것이 상식인데도 진보운은 오히려 전의를 불태웠다.

"이제 공격할 거예요! 각오하세요!"

손하린이 바짝 긴장하여 남편의 손을 잡았다. 진보운이 아니라 진검룡을 염려하는 것이다. 저렇게 뒷짐을 지고 있는데도 괜찮은지 그게 걱정이었다.

진보운은 십 년 남짓의 전 공력을 두 팔에 집중하고는 발끝으로 힘차게 지면을 박차면서 앞으로 쏘아갔다.

"이얍!"

그녀의 낭랑한 기합이 밤하늘을 울렸다.

* * *

그녀는 두 손으로 잡은 목검을 머리 위로 치켜든 채 곧장 진검룡에게 짓쳐갔다.

쉬익!

무도관에서 오 년 동안 빠뜨리지 않고 열심히 배운 모범적인 생도. 진보운은 딱 그만큼의 실력으로 진검룡을 공격해 갔다.

아마 이 정도의 실력이라면 무도관 내에서 열 손가락 안에 꼽힐 정도일 것이다.

그러나 무림에서는 이류무사 수준일 뿐이다.

더구나 진검룡에겐 일초식이 아니라 반의반 초식도 안 된다.

타앗!

진보운의 발끝이 지면을 박차고 비스듬히 허공으로 도약하며 목검을 내리그었다.

진검룡의 정수리를 노리는 날카로운 일검인데 상대가 현 내의 건달이라면 단 일검에 머리통이 터지고 말 터이다.

진검룡 실력이라면 피하지 않고 그대로 선 채 무형지기로 진보운의 내리긋는 목검을 슬쩍 밀어내면 된다.

하지만 그렇게 하면 진보운이 진검룡의 실력이 엄청나다는 사실을 깨닫고 공격을 멈출 것이다.

그러면 검술 대결이 무의미해진다. 그녀는 치고받는 대결을 원하고 있다.

진검룡이 상체를 슬쩍 비켜서 목검을 피하자 그럴 줄 알았다는 듯이 목검이 중간에서 방향을 틀어 이번에는 그의 어깨를 측면에서 공격했다.

진검룡이 상체를 뒤로 약간 젖히면서 한 걸음 물러나자 진보운은 그림자처럼 바짝 따라붙으며 그의 가슴을 향해 연속 세 번 찌르기를 했다.

쉬익! 쉭! 쉭!

진검룡은 진보운의 실력에 맞추려고 애를 썼다. 실력이 없는 사람이 잘하려는 것도 힘든 일이지만, 원래 굉장한 실력을 지닌 사람이 못하려는 것은 더 힘든 일이다.

진도제는 그런 것을 한눈에 간파하고 진검룡에게 큰 고마움을 느꼈다.

진검룡은 상체를 좌우로 민첩하게 흔들어서 찔러오는 삼검(三劍)을 다 피했다.

만약 진보운이 자신과 비슷한 실력을 지닌 사람과 대결을 벌이고 있다면 상대는 그녀의 삼검을 가까스로 피하고 나서도 여전히 방어를 해야 하는 상황이다.

하지만 진검룡은 그 정도 빠르기의 삼검이라면 대여섯 번 피할 수 있을 정도의 충분한 시간이라서 피하고 나서도 그녀의 다음 공격까지 한참이나 기다려야만 했다.

휘익! 쉬익! 쉭!

진보운은 연달아 열다섯 번이나 공격했지만 진검룡의 옷자락조차 건드리지 못했다.

그러면서도 그녀는 진검룡이 자신보다 반 수 정도 고강하다고 판단했다. 그것은 진검룡이 그만큼 그녀를 잘 속였다는 뜻이기도 하다.

"하악! 하악! 공격하세요!"

진보운이 공격을 멈추고 뒤로 물러나는 것을 보면서 진검룡은 난감했다.

자신이 아무리 목검에 공력을 주입하지 않더라도 진보운이 피하거나 막지 못할 것이기 때문이다.

진검룡은 목검을 들었다가 내리며 벙긋 웃었다.

"이제 그만하자."

하지만 진보운에겐 씨도 먹히지 않았다. 그녀는 이제 슬슬 몸이 풀리기 시작했다.

"무슨 소리예요! 어서 공격해요! 전력을 다해야만 해요! 다 막아낼 거예요!"

'이거야…….'

진검룡은 이러지도 저러지도 못하고 난감하기 짝이 없다.

진보운은 자신이 열다섯 번이나 공격하고서도 진검룡의 옷자락조차 건드리지 못한 것 때문에 약이 바짝 올랐다.

"뭐 해요! 어서 공격해요!"

진도제는 진검룡의 심정을 누구보다 잘 알기에 이제쯤 자신이 나서야겠다고 생각했다.

"운아, 이제 그만해라."

진보운은 이해할 수 없다는 표정을 지었다.

"이제 막 시작했잖아요!"

진도제는 씁쓸한 표정을 지었다.

"대협의 사정 좀 봐드려라."

진보운은 어? 하는 표정을 지었다가 이내 고개를 끄떡였다.

"알았어요. 제가 좀 살살 할게요."

"응?"

진검룡과 진도제는 어이없는 표정을 지었다가 동시에 고개를 젖히고 유쾌한 웃음을 터뜨렸다.

"하하하하!"

진보운은 영문을 모르고 골이 나서 입술을 삐죽거렸다.

"왜 웃는 거죠?"

진도제는 진보운에게 미소 지으며 설명했다.

"대협께선 절정고수이시다. 너는 절정고수가 공력을 최대한 약하게 목검에 주입하는 것이 얼마나 어려운 일인지 알고 있느냐?"

"그게 무슨……."

진도제는 진검룡에게 공손히 물었다.

"대협께서 최대한 공력을 줄이면 목검에 어느 정도가 주입되겠소?"

"해보지 않아서 모르겠소."

진보운은 두 사람이 무슨 대화를 나누는지 몰라서 어리둥절한 표정을 지었다.

진도제가 부탁했다.

“외람되오만 저 우매한 여아의 안계를 넓혀주기 위해서 한번 보여주시겠소?”

“글쎄…….”

진검룡은 목검을 들어 올리면서 고개를 끄떡였다.

“해봅시다.”

진보운은 두 사람의 대화를 듣고서야 어떤 상황인지 조금씩 깨닫기 시작했다.

말인즉, 진검룡이 절정고수인데 공력을 최대한 약하게 목검에 주입해 본다는 것이다.

그래서 진도제와 진보운, 손하린, 진보라는 눈도 깜빡거리지 않고 진검룡을 주시했다.

진검룡은 들어 올린 목검에 최소한의 공력을 주입했다. 현재 그의 공력은 자그마치 오백 년 정도 수준이라서 최소한을 주입했는데도 백 년 공력이다.

진검룡은 공력을 더 쪼개려고 하지 않고 그냥 백 년 공력을 목검에 주입했다. 진보운을 공격할 것이 아니므로 괜찮을 것 같았다.

그는 목검을 가볍게 휘둘렀다.

후우웅! 우우웅!

그러자 허공이 마구 격탕을 하면서 벽력음 같은 묵직한 음

향과 함께 파장이 사방으로 밀려갔다.

"아앗!"

"꺄악!"

다음 순간 그 파장에 밀려서 손하린과 진보라가 가랑잎처럼 허공으로 날아갔다.

진보운도 날려가는 것을 진도제가 다급하게 팔을 붙잡아서 끌어당겼다.

진검룡은 목검을 놓고 번쩍 신형을 날려서 양팔로 손하린과 진보라의 허리를 살짝 안고는 지상에 내려섰다.

그는 두 여자를 내려놓으며 씁쓸한 표정을 지었다.

"미안하오. 조심한다는 것이 그만……."

여기에 있는 사람들 모두 크게 놀랐지만 진보운만큼은 아니다. 그녀는 얼마나 놀랐는지 심장이 가슴을 뚫고 튀어나오는 것만 같았다.

"아아……."

진검룡의 공력이 얼마나 심후하면 최소한의 공력만을 주입한 목검을 휘두르는 여파에 사람이 가랑잎처럼 날아갈 수 있다는 말인가.

더구나 진검룡이 번쩍! 하고 신형을 날려서 날아가는 어머니와 언니를 가볍게 안아서 지상에 내리는 광경을 진보운은 똑똑히 보았다.

지금 눈앞에 서 있는 진검룡은 진보운이 꿈에서조차 상상해 본 적이 없는 천외천의 어마어마한 고수인 것이다.

어느 정도로 고강한 고수가 있다는 사실을 알아야지만 그에 대한 꿈을 꾸고 희망을 품겠으나 그런 사실을 모른다면 꿈조차 꾸지 못하는 것이다.

진보운은 진검룡처럼 고강한 고수를 생전 처음 보았다. 그녀가 알고 있는 고수라는 인물들은 죄다 진검룡에게 십초식을 버티지 못할 것 같았다.

진보운은 진검룡을 보면서 탄성을 터뜨렸다.

"아아… 굉장해요……! 대체 목검에 어느 정도 공력을 주입한 건가요?"

진검룡은 고개를 갸우뚱했다.

"글세… 백 년 정도일까?"

"배… 백 년……!"

진보운은 기함을 할 정도로 혼비백산했다. 그녀는 무도관에 삼 년째 다니면서 꾸준히 심법을 운공하여 현재 십 년 남짓의 공력이 생성된 상태다.

스승인 무도관 관장은 진보운더러 마치 무도관에 오 년 이상 다닌 것처럼 탁월한 성과를 보이고 있다며 입에 침이 마르도록 칭찬을 아끼지 않았었다.

진보운은 머리가 멍해지는 것 같았다. 목검에 공력을 최소한만 주입한 것이 백 년이라면 도대체 이 사람의 공력이 어느 정도인지 궁금했다.

"그… 그럼 오빠 공력이 얼마나 되죠?"

진보운은 거침없이 '오빠'라고 불렀다.

진검룡은 또 고개를 갸우뚱했다.

"글쎄… 정확하게 재보지는 않았지만 육식귀원(六息歸元) 수준 정도 될 게다."

"육식귀원이 뭐죠……?"

진보운은 눈을 깜빡거렸다. 무림에 대한 지식이 일천하여 아직 삼화취정이나 노화순청, 육식귀원 같은 용어를 들어본 적이 없기 때문이다.

진도제는 대경실색한 표정으로 진검룡을 쳐다보았다. 그가 절정고수일 것이라고 짐작했었는데 그게 아니라 그 위의 초극, 아니, 초절고수였다.

초절고수 위에는 맨 꼭대기 절대고수가 있으며 우내십절조차도 절대고수라고 칭하지 않는다.

그렇다면 진검룡의 무위가 우내십절에 버금간다는 뜻이다.

'맙소사…….'

진도제는 다리에 힘이 풀려서 그 자리에 주저앉을 것 같은데 간신히 견뎠다.

육식귀원의 초절고수가 대창 포구 하역장에 잡일을 하러 오고 진도제의 초대에 기꺼이 응하여 이런 누추한 집에 와서 술과 밥을 먹었다니 믿어지지가 않았다.

진보운은 너무 놀라 벌벌 떨고 있는 진도제를 보면서 궁금한 듯 물었다.

"아버지, 육식귀원이 뭐예요?"

"……."

"아버지!"

"…왜… 그러느냐?"

진도제는 퍼뜩 정신이 들었다.

"육식귀원이 뭐냐고요."

"그… 그것은……."

진도제는 정신을 가다듬고 기억을 더듬어 설명했다.

"운아, 너… 반로환동이라고 들어봤느냐?"

"무공이 극에 도달하여 늙은 육신을 되돌려 아이가 된다는 전설 같은 일 말인가요?"

"반로환동 바로 아래 단계가 육식귀원이란다."

"……."

진보운의 눈이 화등잔처럼 커다래지면서 입이 얼어붙었다.

그녀는 진검룡을 보면서 의아한 표정으로 말했다.

"그럼… 오빠는 얼마 안 있으면 반로환동의 경지에 오르겠네요?"

진검룡은 미소 지었다.

"그럴지도 모르지."

"그럼 아이가 되는 건가요?"

"나는 젊은데 구태여 아이가 될 필요가 있을까?"

"믿어지지가 않아요……."

진검룡은 문득 부옥령이 생각났다.

"내 주위에 오십 세가 다 된 여자가 있는데 반로환동의 경지에 이르더니 십칠 세 정도의 어린 소녀로 젊어지더군."

진보운만이 아니라 모두 눈이 휘둥그레져서 놀랐다.

그런데도 진보운은 믿지 않는 눈치다.

"오빠는 우리 재미있으라고 거짓말하는 거죠?"

"나는 거짓말할 줄 모른단다."

진검룡은 자신을 '오빠'라고 부르는 진보운이 정말 친누이처럼 느껴졌다.

놀라움이 가신 진보운은 두 손을 허리에 얹고 진검룡을 보며 턱을 쳐들었다.

"그럼 어디 증거를 보여봐요."

"무슨 증거?"

"오빠가 육식귀원의 경지에 이르렀다는 증거요."

진보운이 맹랑한 주문을 했지만 진검룡은 그녀가 귀여워서 빙그레 미소 지었다.

"뭘 하면 좋을까……."

거기에 더해 그는 주위를 두리번거리면서 자신의 능력을 보여줄 적당한 무엇인가를 찾기까지 했다.

그런데 가까운 곳에는 적당한 것이 없고 이십여 장 떨어진 곳에 한 그루 높은 나무가 서 있는 것이 보였다.

"저 나무 보이느냐?"

진보운은 진검룡이 뭔가를 보여줄 거라는 사실에 별처럼 눈을 빛냈다.

"네!"

第百三十六章

진실의 밤

진검룡은 조금 전에 두 여자를 안느라 땅에 버린 목검을 향해 손을 뻗었다.

스으…….

그러자 목검이 줄에 묶여서 당겨지듯 허공으로 떠올라 그의 손에 잡혔다.

"아아……."

이 놀라운 수법이 허공섭물이라는 사실도 모르는 진보운은 그저 혼이 달아나도록 놀랄 뿐이다.

무공을 배운 적이 없는 손하린과 진보라는 마치 신이 조화를 부리는 광경을 바라보는 듯한 경이로운 표정을 지었다.

그녀는 진검룡이 저기 나무가 보이느냐고 말했던 것마저 까맣게 망각했다.

진검룡은 목검을 들어 다시 한번 나무를 가리키면서 조용히 말했다.

"저 나무의 오른쪽 위에서 두 번째 나뭇가지를 자를 거야. 잘 봐라."

"……!"

진보운은 멍해졌다. 저 멀리 이십여 장 밖에 서 있는 나무의 나뭇가지를 도대체 어떻게 자른다는 말인가.

목검을 던진다고 해도 나뭇가지를 맞추는 것조차도 어려운 일인데 하물며 자르겠다니, 말이 안 된다.

그때 진검룡이 들어 올렸던 목검을 반원을 그으며 아래로 슬쩍 내리그었다.

츠으으…….

그 순간 목검에서 그믐달 같은 흰 빛살이 뿜어져서 허공으로 비스듬히 쏜살같이 쏘아갔다.

"아……!"

누군가의 입에서 탄성이 흘러나왔다.

팍!

그리고 그믐달처럼 생긴 흰 빛살은 이십여 장 거리에 서 있는 키 큰 나무의 오른쪽 위에서 두 번째 나뭇가지를 간단하게 잘라 버렸다.

고요한 침묵이 흘렀다. 진보운은 물론 진도제마저도 입이 얼어붙었다.

아니, 진보운의 크게 벌어진 입에서 '아아…' 하는 이상한 소리가 흘러나오기는 했다.

진검룡은 마치 귀신을 본 것 같은 표정을 짓고 있는 진도제 가족을 보면서 어색한 기분이 들었다.

육식귀원의 경지에 올랐다는 말은 괜히 해서 이런 상황이 돼버렸잖은가.

한참이 지나서야 진보운이 더듬거리며 입을 열었다.

"그… 게 뭐였나요?"

진검룡은 엷은 미소를 지었다.

"검기야."

"검기가 뭔데요?"

"적을 살상하기 위해 체내의 공력을 검을 통해서 외부로 발출하는 거야."

"공력을 어떻게 외부로……."

진보운이 생각하기에는 허무맹랑한 꿈만 같은 얘기다. 그녀는 그런 것을 배운 적도 없었으며 그런 게 있다는 말을 들어본 적도 없었다.

그녀는 그 꿈 같은 얘기를 구체적으로 알고 싶었다.

"장풍 같은 건가요?"

진검룡은 진짜 진보운의 오빠라도 되는 것처럼 자상한 미소를 지으며 설명했다.

“비슷하지만 다르단다.”

“어떻게 다르죠?”

“그러니까 그게…….”

진검룡은 머릿속에서 생각을 정리하고 나서 말을 이었다.

“장풍은 공력을 그냥 발출하는 것이고 검기는 공력을 단단하게 만들어서 발출하는 거야.”

진보운은 고개를 갸웃거렸다.

“무슨 뜻이죠? 잘 이해가 안 돼요.”

“이를테면 이런 거지.”

진검룡은 손바닥을 펼쳐서 공력을 부드럽게 쏟아냈다.

쏴아아…….

그러자 진보운과 손하린, 진보라, 진도제 등의 옷자락과 머리카락이 날리며 몸이 움찔거렸다.

그 상태에서 진검룡이 말했다.

“이걸 하나로 모아볼게.”

펼친 부챗살처럼 퍼져 나가던 공력이 좁혀지면서 이번에는 진보운 한 사람에게 향했다.

퍼어…….

“아아…….”

그녀는 가슴에 강한 압력을 느끼며 뒤로 서너 걸음 주춤주춤 물러났다.

진검룡은 손을 거두었다.
"이렇게 공력을 있는 그대로 일차적으로 발출하는 것이 장풍이지."
"그렇군요."
진검룡은 진보운이 정수리를 자신에게 기대오자 손을 뻗어 어깨를 두드려 주었다.
"그 일차적인 형태를 여러 방법으로 발출할 수 있는데 그런 방법이 바로 각 파의 성명장법이지."
"성명장법이 뭐죠?"
"소림사의 나한장(羅漢掌), 무당파의 삼양장(三陽掌), 아미파의 적하장(赤霞掌) 같은 각파가 창안한 고유의 독특한 장풍을 말하는 거야."
"아아… 그렇군요."
진보운의 호기심은 끝이 없었다.
"오빠는 어떤 장법을 배웠나요?"
"나?"
"네."
진검룡은 자신이 진보운에게 말려들고 있음을 알았지만 그다지 싫지는 않았다.
"대라벽산이라는 금나수야."
"아… 금나수인가요?"
"권각법과 금나수가 섞여 있으며 공력을 발출할 수 있지."

"한번 보여줄 수……."

"저 나무를 봐라."

진검룡은 진보운이 또 보여달라고 할 줄 미리 알고 나무를 가리켰다.

"이것은 대라벽산 중에 회린산수라는 수법이다."

이어서 진검룡이 나무를 향해서 오른손을 뻗었다.

드오오옴…….

순간 북풍한설이 불어올 때 같은 기이한 음향이 흐르면서 그의 손에서 새파란 광채가 번쩍 뿜어졌다.

"아아……."

진보운과 진보라가 탄성을 흘렸다.

다음 순간 새파란 광채가 이십여 장 거리에 서 있는 거목의 중간 부분을 아래에서 위로 쓰다듬듯이 훑었다.

뚜거걱! 따닥! 빠거걱!

나무의 중간 부분 반 장 안에 있는 여러 개의 나뭇가지들이 죄다 부러졌다.

그러나 사실 그것은 꺾이고 찢기고 비틀린 것인데 어쨌든 결과적으로는 다 부러졌다.

진검룡은 더 보여줬다가는 진도제 가족이 입에 거품을 물고 혼절할 것 같다는 생각이 들었다.

"이제 그만합시다."

하지만 진도제 가족은 그의 말을 듣지 못했다. 무공을 할 줄 아는 사람이든 모르는 사람이든을 막론하고 진검룡의 신기막측한 재주에 다들 혼이 달아난 모습이다.

"술 더 하겠소?"

진도제가 조심스럽게 물었다.

사실 그는 진검룡의 무위만 봤을 때는 그에게 극존칭을 하고 최대한 굴신해야 한다고 생각했다.

하지만 그는 누구에게 잘 굽히는 성격이 아닌 데다 진검룡이 그런 것에 까다롭지 않은 것 같아서 그냥 여태 하던 대로 행동하고 있다.

"그럽시다."

술시(밤 8시경)라서 잠자리에 들기는 아직 이른 시각이니 한잔하기에 적당하다.

앞마당 한쪽에 아담한 평상(平床)이 있는데 두 사람은 그곳에 마주 보고 앉았다.

시절이 늦여름이라서 더위가 기승을 부리는데 그나마 밤중이라 더위가 한풀 꺾였다.

"여긴 덥지 않지요?"

진도제 아내 손하린이 커다란 쟁반에 새로 만든 요리와 술을 갖고 오면서 화사하게 미소 지었다.

모친을 따라온 진보운이 앉은뱅이 상을 평상에 내려놓고 은근슬쩍 진검룡 옆에 궁둥이를 붙이려다가 부친에게 딱 걸려서 한 소리 듣는다.

"운아, 너는 들어가거라."

"이제 겨우 술시인걸요?"

진보운은 그러면서 진검룡이 붙잡아주기를 바라는 듯 그를 빤히 바라보았으나 그는 보지 못한 듯 먼 허공만 물끄러미 응시하고 있다.

손하린이 입술을 삐죽거리는 진보운을 데리고 집으로 들어가고 진검룡과 진도제는 단둘이 술을 마시기 시작했다.

술이 열 잔쯤 돌 때까지 두 사람은 아무 말도 하지 않았다.

탁…….

진도제는 마음속으로 많이 갈등하다가 마침내 결심한 듯 술잔을 내려놓고 진검룡을 쳐다보았다.

"당신은 누구시오?"

진도제는 진검룡이 표정의 변화 없이 자신의 빈 잔에 술을 따르는 것을 보면서 질문을 이었다.

"무슨 이유로 내게 접근한 것이오?"

진도제는 바보가 아니다. 아니, 바보는커녕 오히려 지나칠 만큼 총명한 사람이다.

처음에 그는 진검룡을 의심하지 않았었다. 지금 같은 흉년에 일자리를 찾아서 떠돌이 생활을 하는 무림인은 어디에서나 흔하기 때문이다.

그런데 진검룡이 대창 포구에서 절정의 무공을 보이고 나서

부터 조금씩 의구심이 생겼다.

그러고는 결정적으로 상상을 초월하는 엄청난 무공을 선보였을 때 진도제는 그가 자신에게 어떤 목적을 갖고 접근했을 것이라고 확신했다.

사실 진도제는 항주에서도 시골구석인 평호현 작은 방파에서 일개 당주의 신분이다.

무림에서 그 정도의 신분은 백사장의 모래알처럼 흔해서 조금도 특출나지 않다.

그런 진도제에게 진검룡처럼 대단한 인물이 어떤 목적을 품고 접근했다고 의심하는 자체가 어불성설이다.

그래서 진도제는 골똘하게 생각을 거듭했지만 끝내 해답을 찾아내지 못하고 결국 진검룡에게 솔직하게 대놓고 묻기에 이른 것이다.

질문이 이쯤에 이르면 진검룡으로서도 뭐라고 대답할 수밖에 없는 상황이다.

"부탁을 받았소."

진검룡이 무겁게 입을 열자 진도제는 움찔 놀라는 표정으로 물었다.

"무슨 부탁이오?"

"얼마 전에 나는 남창에 머물렀는데 그곳에서 당신 동생들을 만났소."

"음!"

뜻밖에 자신의 형제자매 이야기가 나오자 진도제는 움찔 놀라더니 무거운 신음을 흘렸다.

"나는 남창에 있을 때 횡항의 육향루에 머물렀는데 그때 진운하, 진청하 등에게 신세를 졌소."

진도제는 더 이상 듣지 않아도 어떻게 된 일인지 짐작할 수 있다는 표정을 지었다.

부친은 선조 때부터 운영하던 다 낡은 주루 육향루를 장남인 진도제더러 물려받아서 운영하라고 말했었다.

그 당시 십구 세였던 진도제는 막 무도관에 입관하여 무술을 배우면서 무림인이 될 부푼 꿈을 안고 있었으므로 부친의 말이 귀에 들어올 리가 없었다.

진도제는 그 길로 가출하여 항주로 왔는데 그게 벌써 이십칠 년 전의 일이었다.

진검룡은 술잔을 들면서 조용히 말했다.

"동생들은 당신이 어떻게 살고 있는지 몹시 궁금하게 여기고 있소."

진도제는 의아한 표정으로 진검룡을 쳐다보았다. 당신 같은 엄청난 고수가 고작 그 정도 심부름이나 하다니 믿을 수가 없다는 표정이다.

"말했잖소. 나는 그들의 신세를 졌다고 말이오. 또한 나는 항주에 올 일이 있었소."

곰곰이 생각한 진도제는 그럴 수도 있겠다 싶어서 가만히 턱을 주억거렸다.

"보다시피 나는 잘 지내고 있소."

"가족은 이들이 전부요?"

진검룡이 불쑥 묻자 진도제는 미간을 좁혔다.

"무슨 뜻이오?"

"다른 자식이 어디 외지로 무술이나 공부를 배우러 떠나지 않았느냐는 뜻이오."

진도제는 고개를 가로저었다.

"아니오. 가족은 이들이 전부요."

문득 진검룡의 얼굴빛이 흐려지는 것을 진도제는 보지 못하고 중얼거렸다.

"나는 이십오 년 전에 지금의 아내와 혼인했었소."

진검룡이 묻지 않았는데도 진도제는 기억을 더듬듯이 조용히 뇌까렸다.

그의 말대로라면 진검룡이 이십일 세니까 그는 지금 아내 손하린과 혼인한 이후에 진검룡 모친을 만나서 외도를 했다는 뜻이다.

진검룡은 참지 못하고 불쑥 물었다.

"지금껏 외도를 한 적이 있소?"

진도제는 어이없는 표정을 지었다가 단호하게 고개를 가로저었다.

"없소."

*　　　　*　　　　*

진검룡은 속에서 싸늘한 비웃음이 솟구치는 것을 간신히 억제했다.

진도제가 외도를 했다는 증거인 진검룡이 바로 눈앞에서 그 사실에 대해서 묻고 있는데 눈 하나 까딱하지 않고 거짓말을 하고 있는 것이다.

진검룡은 거기에 대해서 자세히 알고 싶지만 캐물을 수 있는 이유가 없다. 캐물으면 이상하게 생각할 것이다.

진도제는 약간 머뭇거리다가 중얼거리듯이 말했다.

"나는 지금의 아내가 첫 여자이며 오로지 그녀 한 사람만을 사랑해 왔소."

진검룡은 그의 얼굴이 너무도 진지해서 그의 말이 사실일지도 모른다는 생각이 잠시 들었다.

그의 말이 사실이라면 진검룡이 잘못 알고 있다는 것이다. 진검룡의 부친 이름이 진도제가 아니거나 동명이인일 수도 있다는 얘기다.

진검룡은 방금 진도제가 한 말을 믿고 싶었다. 그의 표정이 워낙 진지한 데다 비록 짧은 시간이었지만 진검룡이 파악한 진도제는 거짓말을 할 줄 모르는 성격 같았다.

그래서 진검룡은 정면 돌파로 이 문제를 해결하고 싶다는 생각이 들었다.

"혹시 민수림이라는 여자를 아시오?"

진도제는 고개를 가로저었다.

"모르오."

진검룡이 보니까 그의 표정은 무척 진지했다. 진검룡이 독심술은 모르지만 그는 진실을 말하는 것이 분명했다.

그때 요리를 가져오던 손하린이 진검룡의 말을 들었는지 한마디 거들었다.

"제가 알아요."

진도제는 의아한 표정을 지었다.

"당신이 안다는 말이오?"

진검룡은 바짝 긴장하여 손하린을 쳐다보았다. 민수림은 죽은 진검룡 모친의 이름인데 어째서 진도제는 모르고 손하린이 알고 있다는 말인가.

손하린은 요리를 내려놓으면서 눈으로 미소 지으며 말했다.

"왜 예전에 우리 항주에 살 때 근처 주루에서 일하던 아가씨 있었잖아요."

"주루? 홍성루(興盛樓)말인가?"

"맞아요. 입술 위에 점이 있어서 다들 순점낭자(脣點娘子)라고 불렀잖아요."

"아… 그 아가씨?"

"순점낭자 이름이 민수림이었어요."

"그런가?"

진검룡이 지켜본 결과 진도제는 민수림이라는 여자를 알기는 하지만 외도의 상대는 아니었던 게 분명하다.

진도제와 민수림은 아무 관계가 없다. 민수림은 이들이 항주에 살았을 때 근처의 주루인 홍성루에서 일하던 점소녀였을 뿐이다.

진검룡은 긴장된 표정으로 조심스레 손하린에게 물었다.

"그녀를 잘 아시오?"

"남편이 일을 나가면 가끔 집에 놀러 와서 우리 아기를 봐주기도 했어요."

"여보, 그만하시오."

무엇 때문인지 진도제가 손하린을 만류했다.

그런데 손하린의 두 눈에 눈물이 가득 고이더니 얼른 고개를 숙였다.

"미안해요."

진검룡은 필시 무슨 사연이 있을 것이라고 직감했다. 그는 정중하게 말했다.

"무슨 일이라도 있었소?"

진도제는 더 이상 말하기 싫다는 듯 손을 내저었다.

"다른 얘기 합시다."

하지만 진검룡은 이 얘길 반드시 들어야만 했다.

"말해주시오. 듣고 싶소."

진도제는 미간을 잔뜩 좁혔다.

"이유가 무엇이오?"

"내가 민수림이라는 사람을 잘 알기 때문이오."

"당신이 말이오?"

"그렇소."

그러자 주방으로 가던 손하린이 다시 돌아와서 진도제 옆에 가만히 앉았다.

진도제는 날카롭게 물었다.

"민수림과는 어떤 관계요?"

"나중에 말하겠소."

진검룡은 손하린을 한 번 보고 나서 진도제에게 물었다.

"어째서 부인에게 민수림이라는 여자에 대해서 말하지 못하게 한 것이오?"

진도제는 잠시 고개를 숙이고 있다가 고개를 들며 착 가라앉은 목소리로 대답했다.

"나는 민수림이 누군지 잘 모르오. 내가 아내에게 얘기를 그만하라고 한 이유는 아기 때문이었소."

"아기라고 했소?"

"그렇소."

손하린은 고개를 숙이고 있는데 굵은 눈물이 손등으로 뚝뚝 마구 떨어졌다.

진도제는 조금 떨리는 목소리로 말을 이었다.

"그 당시에 우리는 돌이 갓 지난 아들을 잃어버렸소. 민수림이라는 여자가 우리 아기를 가끔 돌봐줬다는 말 때문에 아내가 슬퍼할까 봐 그 얘기를 그만하라고 말한 것이지 그 여자 때문은 아니었소."

전혀 새로운 사실을 알게 되어 진검룡의 눈이 화등잔처럼 커졌다.

진도제는 민수림이라는 여자를 홍성루의 순점낭자로만 알고 있을 정도이지 그녀와는 아무런 관계가 아니었다.

그런데 진도제와 손하린 부부는 그 당시에 돌이 갓 지난 아들을 잃어버렸다고 한다.

지금 이들의 자식은 딸 둘에 막내아들 하나다.

진검룡은 조심스럽게 물었다.

"잃었다는 아들이 성아요?"

진도제의 얼굴이 침통함으로 일그러졌다.

"아니오. 그때는 이십삼 년 전이었소."

진검룡의 나이는 이십일 세이지만 그건 중요하지 않다. 나이는 늘릴 수도 있고 줄일 수도 있는 것이다.

손하린은 진도제 어깨에 기대어 끝내 흐느낌을 터뜨렸다.

"으흐흑……! 제 잘못이에요……! 잠든 아기를 혼자 집에 두고 채소를 사러 가지 말아야 했어요……!"

진검룡은 머릿속이 텅 비어서 세찬 바람소리가 맹렬하게 부는 것 같았다.

"민수림이 아기를 데려간 것이오……?"

손하린은 눈물을 흘리면서 고개를 가로저었다.

"아니에요… 그 당시에 순점낭자는 홍성루를 그만둔 지 몇 달 됐었어요……!"

"그 당시에 민수림은 혼자였소? 내 말은… 혼인을 했느냐는 것이오."

"그녀는 혼인하지 않았었어요."

"그렇다면 아기를 잃은 후에 다시 찾지 못한 것이오?"

진도제가 침통하게 대답했다.

"못 찾았소. 지금껏……."

진검룡은 마지막 확인이 필요했다.

"혹시… 그녀 민수림이 아기를 데려간 것이 아니오?"

그러자 진도제와 민수림은 움찔하더니 적잖이 놀라는 표정으로 진검룡을 바라보았다.

진도제는 아내를 쳐다보았다.

"그럴 가능성이 있소?"

손하린은 두 눈을 화등잔처럼 크게 뜨면서 놀라는 표정으로 고개를 끄떡였다.

"순점낭자는 우리 아기를 무척이나 예뻐했어요… 자기도 이런 아기를 낳고 싶다면서……."

"그녀가 우리 아기를 데려갔을 가능성이 있는 것이오?"

"네… 아아… 어째서 그때는 그런 생각을 하지 못했었는지

후회가 돼요…….”

“으음! 그때는 그녀가 홍성루를 그만둔 지 오래됐었기 때문에 의심하지 않았을 거요.”

진도제가 벌떡 일어서자 손하린이 흐느껴 울면서 물었다.

“왜 그러세요……?”

“홍성루에 가볼 것이오.”

“이 밤중에요?”

진검룡은 착 가라앉은 목소리로 말했다.

“홍성루는 오래전에 문을 닫았습니다.”

그의 말투가 변했다. 진도제와 손하린이 자신의 부모일 가능성이 크기 때문이다.

“혹시…….”

그의 목소리가 쩍쩍 갈라졌다.

“잃어버린 두 분은 아들을 지금 다시 만난다면 알아볼 수 있겠습니까?”

진도제와 손하린은 워낙 경황이 없어서 진검룡의 언행이 변했다는 사실을 알아차리지 못했다.

손하린이 흐느껴 울면서 대답했다.

“그럼요… 알아볼 수 있고말고요…….”

그런데도 그녀는 앞에 앉아 있는 진검룡을 알아보지 못하고 있다.

“우리 아들은 오른쪽 어깨에 북두칠성 점이 있어서 살아 있다면 그것만 확인하면 돼요……!"

"……!"

진검룡은 목과 가슴이 콱 막혔다. 그의 오른쪽 어깨 뒤쪽에는 분명히 북두칠성 형태의 일곱 개의 점이 있다.

지금까지 어머니라고 믿었던 민수림은 가끔 입버릇처럼 말했었다.

아들을 잃어버리더라도 어깨 뒤의 북두칠성을 보면 찾아낼 수 있다고 말이다.

진검룡의 몸이 가늘게 떨렸다. 지금은 도저히 격동을 주체할 수가 없었다.

앞에 있는 남녀가 바로 그의 부모였던 것이다. 그가 다섯 살 때 죽은 모친 민수림은 생모가 아니라 생모에게서 아기를 납치한 파렴치한 여자였을 뿐이다.

진도제는 아직도 울고 있는 손하린의 어깨를 한 팔로 감싼 채 다독거리다가 진검룡이 이상하다는 생각을 했다.

진검룡이 앉은 자세에서 허리를 꼿꼿하게 세운 채 몸을 가늘게 떨고 있으며 얼굴이 붉게 상기되었고 두 눈에 눈물이 가득 고였기 때문이다.

진도제는 그가 아들일 줄은 꿈에도 모른 채 의아한 표정을 지으며 물었다.

"왜 그러시오?"

"나는……."

진검룡은 말을 하다가 멈추었다. 아니, 멈춘 것이 아니라 목이 메어서 말이 나오지 않았다.

"아까 제가 민수림과 어떤 관계냐고 물었잖습니까?"

진도제는 진검룡이 자신에게 깍듯하게 존대를 한다는 사실을 처음 깨달았다.

"그… 랬소."

진검룡은 허리를 더 꼿꼿하게 폈다.

"민수림은 제 어머니였습니다."

"아……."

진도제와 손하린은 동시에 소스라치게 놀라면서 눈을 휘둥그렇게 떴다.

진검룡은 몸과 목소리가 떨리는 것을 간신히 참으면서 말을 이었다.

"그녀는 제가 다섯 살 때 돌아가셨습니다."

"그… 그럼 설마 귀하가……."

진검룡의 눈에서 눈물이 뚝뚝 떨어졌다.

"어머니께서 돌아가시기 전에 아버지의 이름이 진도제라고 말해주었습니다."

"아아……."

두 사람은 몸을 후드득 떨면서 찢어질 듯이 눈을 부릅뜨고 진검룡을 쳐다보았다.

"남창에서 우연히 진청하라는 분을 만났으며 우여곡절 끝에 그분과 제가 친족이라는 사실을 알게 되었습니다."

손하린은 벌써 울음을 터뜨렸다.

"어흐흐흑!"

진도제는 어금니를 있는 힘껏 악다물고 두 눈에서 불길을 뿜을 듯이 진검룡을 쏘아보았다.

"진운하, 진청하 두 분이 말씀하시기를 진도제라는 분은 평호현 해웅방 당주시라고 해서 직접 확인하려고 찾아온 것이었습니다."

"으음……!"

진도제는 가래가 끓는 듯한 신음을 토해냈다.

"오른쪽 어깨 뒤에 북두칠성 점이 있소?"

그는 진검룡이 아들일 것이라고 거의 믿으면서도 마지막 확인을 했다.

진검룡은 일어나서 천천히 상의를 모두 벗었다.

진도제와 손하린도 일어나 극도로 긴장한 표정을 지으며 진검룡의 일거수일투족을 하나도 놓치지 않으려는 듯 주시했다.

이윽고 진검룡은 상의를 벗고 상체를 드러낸 채 우뚝 섰다. 그의 잘 발달된 근육질의 상체가 달빛에 번들거렸다.

진검룡은 천천히 돌아섰다.

슥…….

그리고 어깨를 활짝 펴고 우뚝 선 그의 오른쪽 어깨 뒤에는 손바닥 하나 크기의 공간 안에 뚜렷한 점 일곱 개가 북두칠성의 형태로 나타났다.

"으흐흐흑……! 틀림없는 북두칠성이에요……! 우리 아들 천룡(天龍)이에요……!"

손하린이 두 다리에 힘이 풀려서 땅바닥에 주저앉으면서 처절하게 울부짖듯이 외쳤다.

이들 부부가 이십삼 년 전에 잃어버린 아들의 이름은 진천룡(津天龍)이었다.

민수림은 이웃집의 귀여운 아기 진천룡을 몹시 탐내다가 어느 날 기어코 납치하여 자신의 아들인 양 몰래 숨어서 키웠던 것이다.

第百三十七章

항주로 이사하다

진도제는 간신히 버티고 선 몸을 벌벌 떨면서 그보다 더 떨리는 목소리를 흘려냈다.

"아아… 네가 정녕 천룡이라는 말이냐……?"

"그… 렇습니다."

진검룡은 목이 콱 잠겨서 목소리가 잘 나오지 않았다.

손하린은 땅바닥에 퍼질러 앉은 채 진검룡에게 두 손을 뻗으며 절규했다.

"어흐흐흑……! 내 아들 천룡아……! 내가 살아서 너를 다시 보게 될 줄이야……."

진검룡은 감개무량하여 우두커니 서서 눈물만 뚝뚝 흘리고 있었다.

그러다가 번쩍 정신이 들어서 그 자리에 무릎을 꿇고 이십 삼 년 만에 만난 부모에게 큰절을 올렸다.

"소자, 어머니 아버지를 뵙습니다……!"

손하린은 두 손바닥과 무릎으로 기어가서 진검룡의 어깨를 잡고 일으켰다.

"천룡아……."

상체를 일으킨 진검룡은 자신을 보면서 하염없이 기쁨의 눈물을 흘리는 어머니를 바라보았다.

"어머니……."

손하린은 진검룡, 아니, 진천룡의 얼굴로 두 손을 뻗었다.

진천룡은 어머니가 자신의 얼굴을 만질 수 있도록 고개를 깊이 숙였다.

손하린은 두 손으로 진천룡의 얼굴을 어루만지다가 자신의 뺨을 그의 뺨에 비비며 흐느껴 울었다.

"으흐흑……! 아들아… 얼마나 고생이 많았느냐… 이 어미가 잘못했구나… 용서해다오……."

진천룡을 낳아준 친어머니의 뜨거운 눈물이 그의 뺨에 뜨뜻하게 느껴졌다.

"어머니……."

손하린은 진천룡을 처음 봤을 때부터 그가 매우 남루한 옷을 입고 있어서 불쌍하게 여겼었다.

그렇기에 요리도 정성껏 만들었으며 더욱 극진하게 대접했던 것이다.

손하린은 진천룡의 무공이 얼마나 고강한지 같은 것에는 추호도 관심이 없다.

그녀의 관심사는 진천룡이 남루한 옷을 입었으며 자신이 만든 요리를 열흘 굶은 사람처럼 허겁지겁 잘 먹더라는 평범한 사실들이다.

손하린은 진천룡의 가슴에 얼굴을 묻고 두 팔로 그의 허리를 힘껏 끌어안았다.

"이제 다시는 헤어지지 말자꾸나……."

진천룡은 아담한 체구에 야윈 어머니를 가만히 안았다. 조금 힘을 주어 세게 안으면 부서질 것만 같았다.

"어머니……."

꿈을 꾸는 것만 같았다.

진도제는 굵은 눈물을 뚝뚝 흘리면서 진천룡에게 천천히 다가왔다.

그 역시 지금 이 상황이 추호도 믿어지지 않았다. 하지만 이것은 절대로 꿈이 아니다.

뺨을 꼬집어보고 입술을 깨물어봐도 눈앞에 있는 저 청년은 자신의 아들이 분명했다.

밖이 소란스러웠는지 두 딸 진보라와 진보운이 마당으로 나와 놀란 표정으로 다가오고 있다.

"무슨 일이에요, 아버지?"

너무나도 감격한 진도제는 딸의 말을 듣지 못하고 진천룡에게 다가갔다.

진도제는 손하린을 안고 있는 진천룡에게 두 팔을 내밀며 낮은 소리로 흐느끼며 불렀다.

"내 아들아… 천룡아……."

진보라와 진보운은 부친의 말을 듣고 화들짝 놀라서 서로의 얼굴을 쳐다보았다.

그녀들의 표정은 '지금 아버지가 뭐라고 말씀하신 거야?'라고 말하고 있었다.

손하린은 언제까지나 아들의 품에 안겨 있고 싶은데 남편이 아들을 부르는 목소리를 듣고 품에서 얼굴을 뗐다.

"여보……."

진도제는 아들 앞으로 다가와서 눈물을 뚝뚝 흘리며 손을 뻗어 그의 얼굴을 어루만졌다.

"천룡아……."

"아버지……."

두 사람은 서로를 힘껏 부둥켜안았다.

그 모습을 보면서 손하린은 너무 감격스러워서 비 오듯이 눈물을 흘렸다.

그때 진보라와 진보운이 가까이 다가와 크게 놀라는 표정으로 물었다.

"어머니, 무슨 일이에요?"

손하린은 눈물을 펑펑 흘리면서 진천룡을 가리켰다.

"얘들아, 천룡 큰오빠가 돌아왔단다……."

진보라 자매는 어리둥절했다. 자신들은 한 번도 본 적이 없는 큰오빠가 돌아오다니 무슨 말인지 이해가 되지 않았다.

손하린은 그때까지도 진도제와 뜨겁게 포옹하고 있는 진천룡을 가리켰다.

"이 사람이 바로 큰오빠 천룡이란다……!"

"아아… 그게 정말인가요?"

진보라 자매는 혼비백산한 표정으로 진천룡을 쳐다보다가 왈칵 울음을 터뜨렸다.

아버지와의 긴 포옹을 끝낸 진천룡에게 손하린이 진보라 자매를 가리켰다.

"천룡아, 네 여동생들이란다."

진천룡은 진보라와 진보운을 이미 알고 있지만 자신의 친 여동생이라고 생각하자 감회가 새로웠다.

"보라야, 보운아……!"

"오라버니!"

"으흐흑! 오라버니!"

진천룡이 두 팔을 활짝 벌리자 진보라와 진보운은 누가 먼저랄 것도 없이 그의 품으로 뛰어들었다.

진도제와 손하린 부부는 그 광경을 눈물을 흘리면서도 흐뭇하게 바라보았다.

다음 날 아침에 진천룡 가족은 식탁에 모였다.

손하린과 진보라 자매, 그리고 막내 진검성의 얼굴에는 서운한 표정이 가득 떠올라 있었다.

막내 진검성은 아침에 깨어나서야 자신에게 큰형이 생겼다는 사실을 알고서 미친 듯이 환호했었다.

진검성은 웬 낯선 청년이 자신에게 물고기 잡는 법을 가르쳐 주었을 때부터 그를 몹시 좋아했었다.

그런데 그 사람이 자신의 큰형이었다는 사실을 알고는 그의 곁에 찰싹 붙어서 한시도 떨어지지 않았다.

손하린은 진천룡 옆에 앉아서 그의 손을 잡은 채 서운한 표정으로 말했다.

"천룡아, 꼭 가야만 하는 것이니?"

"네, 어머니."

"나는 이제부터 네가 우리하고 같이 살 줄 알았어."

진천룡이 떠난다고 말했기 때문에 다들 서운한 표정을 감추지 못했다.

"어디로 가는 것이냐?"

"항주에 갑니다."

손하린은 간절한 표정을 지었다.

"일을 처리하고 다시 돌아올 거지?"

진도제가 진천룡에게 넌지시 물었다.

"항주에는 왜 가는 것이냐?"

진천룡은 공손히 대답했다.

"항주에 제 집과 일이 있습니다."

손하린은 깜짝 놀랐다.

"그래? 집과 일이 있었어?"

"네."

진도제는 이제야 알았다는 듯 고개를 끄떡였다.

"너는 내게 접근하려고 대창 포구의 하역 인부로 들어왔던 거로구나."

진천룡은 빙그레 미소 지었다.

"그렇습니다."

"무슨 일을 하는 것이냐?"

"이것저것 하고 있습니다."

진천룡은 고민을 하고 있다. 영웅문에서 가족과 함께 사는 것이 나은지, 아니면 가족을 이대로 여기에 살도록 하고 자신이 이따금 찾아오는 것이 나을지 결정을 내리기가 어려웠다.

진천룡은 돈이 많고 으리으리한 집에서 살아야지만 행복하다는 생각은 오래전에 버렸다.

진정한 행복이란 비록 가난하더라도 가족끼리 단란하게 오순도순 사는 것이라고 생각했다.

"그렇구나."

진도제는 고개를 끄떡였다. 하긴 진천룡 같은 절정고수가 집이나 일이 없다는 게 말이 되겠는가.

진천룡은 부모를 번갈아 보면서 진중하게 말했다.

"저는 항주를 떠나지 못합니다. 그러니까 두 분께서 아이들과 함께 항주로 오신다면 우리 가족 모두 다 함께 살 수 있습니다."

"천룡아, 그것은……."

손하린은 난감한 표정을 지었다.

"너도 알겠지만 아버지 일이 여기에 있잖느냐?"

진도제가 해웅방 휘검당주라는 지위에 있으며 그 녹봉을 받아서 살아간다는 뜻이다.

"그리고 네 여동생들도 일을 여기에서 하고 무도관도 다니고 있는데……."

진천룡은 자신이 갑자기 불쑥 나타나서 이들의 행복을 깰까 봐 매우 조심스러웠다.

그는 그 무엇보다도 가족과 함께 살고 싶다. 하지만 자신 때문에 가족이 불행해지는 것을 원하지 않기에 매우 조심스러운 것이다.

문제는 아버지다. 그가 해웅방에 큰 애착이 있고 자신이 하는 일과 지위에 자부심을 느끼고 있다면 일단 그로서는 행복하다는 뜻이다.

그런데 진천룡이 억지로 항주로 데리고 가서 다른 일을 맡긴다면 아버지가 진심으로 행복하겠는가.

여동생들은 별 상관이 없다. 주루에서 회계를 보고 있는 진보라는 자기가 좋아서 하는 일이 아닐 것이다.

무도관에서 검술을 배우고 있는 진보운은 항주 영웅문에서 지금보다 훨씬 더 좋은 스승에게 무공을 배우라고 하면 신바람이 나서 따라나설 것이다.

문득 진도제가 진지하게 말했다.

"천룡아, 아비는 상관하지 마라. 나는 해웅방 일에 애착 같은 것 없다."

그가 깔끔하게 정리를 해주니까 진천룡으로서는 한결 마음이 편해졌다.

진도제는 절정고수인 아들이 대도(大都)인 항주에 자리를 잡고 있다면 해웅방의 당주 지위하고는 비교도 할 수 없을 것이라고 짐작했다.

이런 상황에서는 아들에게 얹혀서 사니 뭐니 자존심을 내세우는 것은 소인배의 생각이다.

진천룡은 기쁜 얼굴로 부친에게 말했다.

"아버지, 저희 집으로 오시겠습니까?"

진도제는 흐뭇한 미소를 지으며 고개를 끄떡였다.

"오냐, 그러마."

진천룡은 넙죽 고개를 숙였다.

"고맙습니다!"

그러나 손하린의 걱정은 가시지 않았다.

"천룡아, 네가 사는 집이 여기 이 집보다 더 크더냐? 여섯 명이 살아야 하는데 말이다."

"다행히 이 집보다 큽니다, 어머니."

"녹봉은 얼마나 받느냐? 아버지는 은자로 다섯 냥씩 받으신단다."

이 부분에서 손하린은 매우 자랑스러운 표정을 지었다.

"지난 몇 달 동안은 녹봉이 밀려서 생활이 어려웠지만 아버지 말씀을 들으니까 앞으로는 그럴 일이 없을 거라더구나."

진도제는 아들이 자신보다 최소한 몇 배는 더 벌 것이라는 생각에 흡족한 미소를 지었다.

진천룡은 모친의 손등을 쓰다듬었다.

"다행히 제가 아버지보다 조금 더 벌어요."

"그러냐?"

손하린은 안도의 표정을 지었다.

진천룡은 진보라 자매를 쳐다보았다.

"보라는 주루에서 일하지 않아도 되고 보운이는 좋은 스승을 소개해 주겠어요."

"고마워요, 오라버니."

"기대돼요, 오라버니."

진천룡은 막내 진검성의 머리를 쓰다듬었다.

"성아는 학문을 가르칠 생각입니다. 제가 잘 아는 유림원이 있는데 그곳에 넣으면 좋을 겁니다."

손하린은 일이 일사천리로 술술 풀리자 왠지 불길함을 떨치지 못했다.

그러자 그녀의 불길함을 진천룡의 다음 말이 한꺼번에 깨끗하게 씻어주었다.

"그러시다면 지금 모두 저하고 항주로 가는 겁니다."

"지금 말이니?"

"네, 어머니."

"아유… 그건 안 된다. 이 집도 팔아야 하고 이삿짐을 꾸리려면 하루 이틀 가지고는 턱도 없어."

진천룡은 빙그레 미소 지었다.

"그럴 필요 없어요, 어머니."

"그럴 필요가 없다니……."

진천룡은 짐짓 가슴을 불쑥 내밀었다.

"저 부자예요."

"정… 말이니?"

"네."

손하린은 더 이상 걱정하는 표정을 짓지 않았다.

* * *

진천룡의 간곡한 설득으로 진도제 손하린 부부는 평호현의 집을 팔지 않고 그대로 놔둔 채 중요한 물건만 챙겨서 출발하기로 결정했다.

부친 진도제는 십오 년 넘게 다니던 해웅방을 그만두기 위해서 한 시진 전에 집을 나섰다. 방주와 동료들에게 인사만 하고 돌아온다고 했다.

마당에는 진천룡과 손하린을 비롯한 가족들이 진도제가 돌아오기를 기다리고 있다.

진천룡의 손을 꼭 잡고 있는 막내 진검성이 그를 올려다보면서 궁금한 듯이 물었다.

"형님 집에는 방이 몇 개나 있나요?"

진천룡의 집은 영웅문 내의 영웅사문 중에 용림재이며 방이 일곱 개 있다.

용림재는 예전의 가족인 사모님과 그녀의 딸 장한지, 그리고 사제 독보 등과 살던 집이었다.

이제는 진짜 가족을 찾았으니까 진천룡과 가족들이 다른 곳으로 옮겨야 할 것이다.

물론 민수림도 가족들과 함께 살자고 말할 것이고 그녀도 찬성할 것이 분명하다.

용림재 근처에는 만약을 위해서 새로 지은 전각이 두 채 있으며 둘 다 용림재보다 규모가 크다. 하지만 방이 몇 개나 되는지는 알 수가 없다.

"글세… 잘 모르겠구나."

"네에? 형님 집인데도 방이 몇 개 있는 줄을 모른다고요?"

진검성의 외침에 손하린과 진보라 자매는 놀라는 표정으로 진천룡을 쳐다보았다.

진천룡은 머쓱하게 웃었다.

"새로 지은 집이라서 그렇단다."

"아무리 그래도……."

그때 마침 진도제가 돌아왔다.

"아버지, 오셨어요?"

진보라 자매와 진검성이 반가이 부친을 맞이했다.

진도제는 식구들과 갖고 갈 짐들을 대충 둘러보고는 급히 밖으로 나갔다.

"수레를 불러야겠구나."

짐이 꽤 많아서 그것들을 들고 항주까지 걸어가는 것은 무리일 것 같았다.

진천룡이 급히 부친을 불렀다.

"아버지, 제가 마차를 대기시켰습니다."

"어… 그래?"

'마차'라는 말에 진도제는 움찔 놀라서 걸음을 멈추고 돌아서 진천룡을 쳐다보았고 가족들도 모두 놀란 얼굴로 진천룡을 주시했다.

수레와 마차는 차원이 다르다. 소가 끄는 수레는 보편적으로 백성들이 사용하지만 마차는 귀족이나 부자들의 전유물이라서 일반 백성들은 그저 구경만 할 뿐이다.

또한 수레는 각전 몇 냥으로 빌릴 수 있지만 마차는 은자를 그것도 꽤 많이 줘야지만 빌릴 수가 있다.

그런 마차를 진천룡이 대기시켰다니까 가족들이 놀라는 것은 당연하다.

손하린이 놀라는 얼굴로 진천룡에게 물었다.

"천룡아, 정말 마차를 빌렸니?"

"네, 어머니."

진천룡은 전음으로 마차를 부르고는 가족들과 함께 집 밖으로 나갔다.

진천룡 등이 집 앞 거리에 나서자 가까운 곳에서 두 대의 마차가 이쪽으로 굴러왔다.

덜그럭… 덜걱…….

두 마리 건장한 말이 끄는 이두마차 두 대를 본 가족들은 아무 말도 하지 못하고 눈을 휘둥그렇게 떴다.

진천룡은 부옥령에게 평범한 마차 두 대를 이곳으로 보내라고 지시했으며, 그녀 딴에는 평범한 마차를 골라서 보냈지만 가족들 눈에는 그렇게 보이지 않았다.

마차의 마부석에는 각 한 명씩의 능숙한 마부가 타고 있으나 영웅문하고는 전혀 상관이 없는 이곳 평호현 토박이 마부들이다.

진천룡은 놀라고 당황한 부모에게 앞쪽 마차를 가리켰다.

"아버지, 어머니께서 먼저 타십시오."

그리고 진천룡 자신과 진보라, 진보운, 진검성은 뒤쪽 마차를 타고 출발했다.

진천룡과 가족이 탄 두 대의 마차는 늦은 오후에 항주에 도착했다.

진천룡이 가족들과 행동하기 때문에 민수림과 부옥령은 먼저 항주 영웅문으로 돌아와서 진천룡과 가족들이 입주하게 될 전각에 서둘러 여러 준비를 해두었다.

진천룡은 평호현에서 항주까지 같은 마차를 타고 오십여 리 먼 길을 오는 동안 진보라 자매, 그리고 막내 진검성과 많이 친해졌다.

여동생들, 남동생을 대할 때의 진천룡은 영웅문주인 전광신수가 아니라 예전 철딱서니 없던 시절의 호리로 되돌아가 마음 놓고 대화를 나누었다.

여동생들과 남동생이 처음에 진천룡을 봤을 때는 매우 과묵하고 엄격한 것 같았었다.

그런데 마차 안이라는 폐쇄된 공간에서 여러 시진 동안 같이 부대끼면서 대화를 해보니까 진천룡처럼 대화가 편하고 재미있는 사람이 천하에 다시없을 것이라는 생각이 들었다.

그래서 항주에 도착할 때쯤에는 진천룡과 진보라 자매, 진검성은 너 나 할 것 없이 한 덩이가 되어 뒹굴면서 웃고 떠드느라 시간 가는 줄도 모르게 되었다.

다각… 다그닥…….

두 대의 마차는 양쪽으로 활짝 열어젖힌 영웅문 전문을 통과하고 있다.

마차에는 양쪽에 조그만 창이 하나씩 있으며, 손하린은 항주까지 오는 동안 지루해지면 가끔씩 창을 열고 밖을 구경하곤 했었다.

손하린이 마지막으로 창밖을 구경한 것이 반 시진 전이었으므로 지금쯤 창을 열 때가 됐다.

진도제가 워낙 과묵한 남자라서 별다른 대화가 없으므로 그녀는 틈만 나면 창을 열었다.

드륵…….

무심코 창을 열고 밖을 내다보던 손하린은 갑자기 두 눈을 화등잔처럼 크게 떴다.

"아……."

그녀의 입에서 한숨 같은 탄식이 흘러나오고 커진 두 눈은 더욱 커졌다.

진도제는 여기까지 오는 동안 아내가 창을 열 때마다 아름다운 경치를 보고 감탄을 터뜨리거나 시원한 바깥바람을 쐬고는 탄성을 터뜨렸던 적이 여러 번이었으므로 이번에도 그런 것이려니 했다.

그러나 손하린의 눈에 비친 바깥 풍경은 아름다운 경치도 시원한 바깥바람도 아니었다.

우선 제일 먼저 그녀의 시야에 들어온 것은 수많은 사람들이 길게 늘어서서 깊숙이 허리를 굽히고 있는 광경이었다.

그들은 하나같이 깨끗하고 산뜻한 경장 차림에 어깨에는 도검이나 창, 활을 메고 있으며 이마에는 영웅건을 두른 무림인의 모습이었다.

그런 무림인들이 몇 겹으로 길게 늘어서 깊이 허리를 굽히고 있는 것이다.

그것은 마치 외유를 나갔다가 돌아오는 황제를 맞이하는 듯한 광경이라서 손하린은 자신이 꿈을 꾸는 것이 아닌가 하는 생각이 들었다.

그런데 경악할 일은 그뿐만이 아니다. 예를 취하고 있는 무림인들 너머에 펼쳐진 광경이 실로 굉장했다.

손하린으로서는 평생 한 번도 본 적이 없는 어마어마하고 으리으리한 규모의 고루거각들이 즐비하게 펼쳐져 있어서 눈이 휘둥그레졌다.

"아아… 도대체 여기가……."

망연자실한 표정을 짓고 있는 손하린의 입에서 그런 탄식이 흘러나오자 그제야 진도제는 관심을 가졌다.

"왜 그러오?"

그렇지만 손하린은 너무 놀라서 남편의 말을 듣지 못한 채 여전히 넋 잃은 표정만 지을 뿐이다.

"대체 무엇 때문에……."

진도제는 자신이 앉아 있는 방향, 그러니까 왼쪽 창을 열면서 중얼거렸다.

드륵…….

"억……!"

창을 열고 밖을 내다보던 그는 날카로운 비수로 옆구리를 깊이 찔린 것 같은 답답한 신음을 토해냈다.

그가 내다본 창밖의 광경은 손하린이 보고 있는 광경과 거의 똑같았다.

그는 본능적으로 창에서 떨어져 나와 경계하는 표정을 지었다가 다시 조심스럽게 창밖을 내다보았다.

눈을 몇 번이나 껌뻑거리기도 하고 비비기도 하면서 자세히 살펴보았지만 잘못 본 것이 아니다.

길게 도열해 있는 무림인의 수가 수백 명이고 그들 너머의 고루거각들은 황제가 살고 있는 자금성을 연상케 할 정도로 엄청났다.

탁!

그는 서둘러서 급히 창을 닫고는 아내 쪽을 쳐다보았다. 이쪽이 그렇다면 아내가 내다보고 있는 바깥의 광경도 같을 것이라고 짐작했다.

'설마 황궁인가……?'

진도제의 뇌리에 제일 먼저 떠오른 생각이다.

그렇지만 황궁인 자금성(紫禁城)은 북경에 있으며 평호현에서 자그마치 이천여 리가 넘는 멀고먼 길이다.

그런데 진도제 일행은 평호현에서 기껏 두어 시진 동안 왔을 뿐이므로 절대 북경의 자금성은 아니다.

진도제의 짐작으로 이곳은 항주가 맞다. 그는 십오 년 전쯤에 항주에서 몇 년 동안 살았기 때문에 항주에 대해서는 아주 잘 알고 있다.

그런데 그가 알기로는 항주에 이런 어마어마한 규모의 장원이나 궁전은 없다. 장담할 수 있다.

그런데 그때 문득 어떤 생각이 그의 뇌리를 스쳤다.

'설마…….'

그는 십오 년 동안 항주에 와보지 않았었지만 무림의 소문은 빠짐없이 듣고 있었고 그중에는 항주에 대한 이야기도 있었다.

'이곳이 영웅문인가……?'

항주와 절강무림을 일통한 신진 세력 영웅문에 대한 소문을 하루도 빠짐없이 귀가 따가울 정도로 들었다.

아침에 눈을 떠서 해웅방에 출근을 하면 진도제가 마주치는 거의 모든 사람들이 영웅문에 대해서 얘기하는 것으로 하루 일과를 시작했다.

이후 하루 종일 사람들은 영웅문에 대한 소문을 이야기하다가 일과를 끝내고 퇴근하기 직전까지 그 얘기를 한다.

영웅문에 대한 소문의 거의 대부분을 차지하는 것이 세

인물에 대한 것이다.

그 세 인물을 영웅삼신수라고 하는데 그들은 마치 전설에 나오는 신선이나 전무후무한 영웅처럼 회자되고 있다.

진도제가 마지막으로 들은 영웅삼신수에 대한 소문은 그들이 강서성 남창에 갔다가 검황천문의 태문주인 절대검황 동방장천과 그의 사부, 사모, 그리고 태제자까지 네 명과 싸웠다는 것이다.

그 결과 그중에 요계의 절대자인 요천여황 자염빙은 머리가 박살 나서 죽고 다른 세 명은 죽을 만큼 중상을 입고서 도주했다는 사실이다.

어쨌든 이곳이 항주가 분명하다면 여기는 영웅문일 가능성이 높다.

영웅문이 아니고선 이런 엄청난 규모의 고루거각을 짓지 못하고 도열한 무림인들을 데리고 있을 수가 없을 터이다.

생각이 거기에 미치자 진도제의 머릿속이 마구 헝클어졌다.

'어째서 영웅문에…….'

생각은 거기에서 멈춰서 더 이상 이어지지 않았다.

'혹시 천룡이가 영웅문 사람인가?'

거기까지 생각이 미쳤다가 세차게 고개를 가로저었다.

자신의 아들 진천룡이 영웅문 수하일 수도 있다. 하지만 마차를 향해 길게 도열하여 최고의 예를 표하고 있는 수백 명의 무림인들은 무엇이라는 말인가.

그렇지만 한 가지만은 분명했다. 이 일에 아들 진천룡이 관계가 있을 것이라는 사실이다.

뒤쪽 마차에 탄 사람들은 쉴 새 없이 웃고 떠드느라 창을 열어볼 겨를도 없었다.

*　　　　*　　　　*

이윽고 두 대의 마차는 진천룡의 집무실인 쌍영웅각 앞에 차례로 정지했다.

영웅호위대 호위고수가 두 대의 마차 문을 열었다.

처척!

진천룡은 마차에서 내리기 전에 이미 이곳이 쌍영웅각이라는 사실을 간파했다.

그가 부옥령에게 영웅사문에 있는 용림재로 곧장 안내하라고 지시했었는데 그녀는 말을 듣지 않았다.

아마도 그녀는 진천룡 가족을 최대한 성대하게 환영하고 싶었던 모양이다.

진천룡이 먼저 내리고 진보라 자매와 진검성이 깡총거리면서 마차에서 내렸다.

하지만 진도제와 손하린은 마차 문이 활짝 열렸는데도 불구하고 마차 안에서 잔뜩 몸을 웅송그린 채 극도로 긴장한 표정을 지으며 내리지 못하고 있는 중이다.

진천룡이 쳐다보자 민수림과 부옥령이 쪼르르 다가와서 그의 양손을 잡았다.

"왔어요?"

"오셨어요, 주군?"

진천룡은 부옥령을 슬쩍 쏘아보았다가 부모가 타고 있는 마차 문으로 다가갔다.

第百三十八章

진가계(津家界)

진천룡은 부모님이 놀랄까 봐 자신의 신분에 대해서 최대한 천천히 알리려고 했었다.

그렇지만 이렇게 된 이상 어쩔 수가 없다. 이제 와서 부옥령을 원망해도 소용이 없는 일이다.

진천룡은 문이 활짝 열린 마차 안에 나란히 무릎을 꿇고 앉아 있는 부모를 보고 괜스레 마음이 짠해졌다.

저 모습만 보면 부모님이 무슨 대죄라도 지어서 사형장에 끌려온 듯한 모습이다.

"아버지, 어머니."

두 사람은 진천룡을 발견하자 지옥에서 구명의 동아줄을 잡은 것처럼 기뻐했다.

"오… 천룡아……!"

진천룡은 최대한 온화한 미소를 지으며 부모를 향해서 두 손을 뻗었다.

"이리 나오십시오."

두 사람은 조금 움찔 움직이면서 여전히 경직된 표정으로 물었다.

"무슨 일인 것이냐? 여긴 어디니?"

곧 밝혀질 사실이기에 진천룡은 솔직하게 대답했다.

"아버지, 여기는 영웅문입니다."

"역시……."

진도제의 표정이 더욱 어두워졌다. 그는 자신들이 영웅문에 들어온 것이 분명하며 필경 좋은 일이 아니라 나쁜 일 때문일 것이라고 직감했다.

진도제는 몹시 진중한 표정으로 진천룡에게 물었다.

"천룡아, 너 영웅문에 큰 죄를 지은 것이냐?"

"아버지, 그게 아닙니다."

진도제는 앞으로 다가와서 진천룡의 손을 잡고 진심 어린 표정으로 말했다.

"네가 영웅문에 죄를 지었기 때문에 우리가 집으로 가는 도중에 붙잡혀서 이리 끌려온 것이 아니냐?"

진도제와 손하린으로서는 충분히 오해할 만한 상황이라서

진천룡은 부모에게 죄스러운 마음을 금하지 못했다.

"그게 아니고 제가 영웅문에서 일을 합니다. 제 집이 영웅문 내에 있기에 이리 모신 것입니다."

두 사람은 그제야 안도의 표정을 지었다. 그러면서도 마차의 창밖으로 봤던 엄청난 광경 때문에 여전히 마음 한편은 무겁기만 했다.

진천룡은 다시 손을 뻗었다.

"어머니, 아버지. 나오세요."

손하린은 남편의 팔을 꼭 잡은 채 마차에서 내렸다.

진도제와 손하린은 바로 옆에 진보라 자매와 진검성이 잔뜩 놀라고 겁먹은 얼굴로 옹송그리며 서 있는 것을 발견하고 그들에게 손을 뻗었다.

"이리 오너라."

자식들이 다가오는 동안 진도제는 재빨리 주위를 둘러보다가 혼비백산하고 말았다.

"으앗!"

주위에 수많은 사람들이 질서 있게 도열해서 모두 이쪽을 보고 있는 광경을 발견한 것이다.

제일 가까운 곳 진천룡 옆에는 민수림과 부옥령이 서서 다정한 미소를 짓고 있었다.

그리고 두 여자의 좌우와 뒤쪽에는 청랑과 은조, 그리고 외문총관과 내문총관, 영웅호위대주 옥소, 총무전주 유려, 청검

원주 당재원 그리고 각 당의 당주들이 도열해 있는 장관이 펼쳐져 있다.

"아아……."

진도제와 손하린을 비롯하여 가족 모두 몸을 덜덜 떨면서 잔뜩 겁에 질린 모습이다.

진천룡은 가운데에서 양손으로 진도제와 손하린의 손을 부드럽게 잡아주며 조용한 목소리로 말했다.

"괜찮아요. 아무것도 염려할 것 없습니다."

진천룡은 진보라 자매와 진검성을 불렀다.

"이리 와라."

진검성이 진천룡 앞에 서고 진보라 자매는 부모 양쪽에 머뭇거리면서 섰다.

진도제와 손하린을 비롯한 가족들은 진천룡이 한가운데 중심에 서자 두려움이 많이 가시고 마음이 사뭇 든든해지는 것을 느꼈다.

쌍영웅각 전면을 향해 선 가족들은 그제야 자신들 앞에 두 명의 여자가 서 있으며 그녀들이 천하에 짝을 찾기 어려운 절세미녀라는 사실을 알게 되었다.

"아아……."

손하린과 진보라, 진보운 세 여자는 민수림과 부옥령의 미모를 보면서 자신도 모르게 탄성을 흘려냈다.

진도제 역시 민수림과 부옥령의 눈이 멀어버릴 것 같은 미모에 적잖이 놀란 표정을 지었다.

그때 민수림이 두 걸음 앞으로 다가와서 더할 수 없이 공손한 자세로 포권을 하면서 허리를 굽혔다.

"어머님, 아버님, 인사드려요."

그러자 부옥령도 질세라 급히 나서 민수림 옆에서 허리를 굽히며 노래하듯이 영롱한 목소리로 말했다.

"어머님, 아버님을 뵈어요."

진도제와 손하린을 비롯한 가족들은 너무 놀라서 어쩔 줄 모르고 당황했다.

도대체 이 두 명의 절세미녀가 누구기에 자신들에게 '어머님'과 '아버님'이라고 부르는 것인지 진도제와 손하린은 기절초풍할 것만 같았다.

그렇지만 진도제와 손하린은 이런 상황에서 감히 민수림과 부옥령에게 누구냐고 물을 엄두가 나지 않았다.

진천룡은 민수림만을 자신의 정인으로 여기는데 부옥령까지 자신이 며느리인 체하는 것이 어이가 없었으나 지금은 그녀를 꾸짖을 계제가 아니라서 그냥 넘어가기로 했다.

진천룡은 가족을 이끌었다.

"들어가세요."

그는 진도제와 손하린의 손을 꼭 잡은 상태에서 세 명의 동생들을 이끌고 돌계단을 올라 쌍영웅각 대전 안으로 천천히 들어섰다.

그는 손하린의 팔이 바들바들 떨리고 진도제의 팔이 단단하게 경직된 것을 느꼈다.

진도제는 아들이 대체 자신들을 어디로 데리고 가는지 상상조차 할 수가 없어서 머릿속이 새하얘졌다.

진천룡은 몹시 조심스러웠다. 행여 부모님과 동생들이 충격을 받거나 마음의 상처를 입을까 봐 조심하지 않을 수가 없는 상황이다.

민수림과 부옥령이 안내하듯 앞장서고 진천룡 일행이 그 뒤를 따라 쌍영웅각 대전 안을 걸어 이윽고 끝 쪽에 있는 단에 이르렀다.

단 위로 올라선 민수림이 그곳에 가지런히 배치한 여섯 개의 큼직하고 화려한 의자를 가리켰다.

"앉으세요."

진도제와 손하린을 비롯한 가족들은 귀신에 홀린 듯한 표정인데 진천룡이 부모의 손을 잡고 이끌어서 한가운데 두 개의 의자에 나란히 앉혔다.

이어서 진천룡은 손하린 옆에 진보라 자매를 앉히고 자신은 진검성과 함께 진도제 옆에 앉았다.

어느새 뒤따라 들어온 측근들이 단하 양쪽에 길게 도열했고 민수림과 부옥령은 진천룡 옆에 다소곳이 섰다.

진도제와 손하린은 자신들의 눈앞에 벌어진 상황을 눈곱만큼도 이해하지 못했다.

진천룡은 이제는 자신의 신분에 대해서 말해야겠다고 마음 먹었다.

"아버지, 어머니. 드릴 말씀이 있습니다."

진도제와 손하린은 지금쯤이면 아들이 당연히 할 말이 있어야 한다고 생각했었다.

진천룡은 옆에 앉은 진도제와 그 옆의 손하린을 보면서 조용히 말했다.

"제가 영웅문주입니다."

"……."

당연히 진도제와 손하린은 아들의 말을 알아듣지 못했다.

아니, 말을 듣기는 들었는데 뜻을 알아듣지 못한 것이다.

자신이 영웅문주라니, 낮에 달이 뜨고 저녁에 해가 뜬다는 말을 믿는 쪽이 더 빠를 터이다.

진천룡은 진도제의 손을 부드럽게 잡고 그를 똑바로 쳐다보면서 다시 말했다.

"아버지 아들 천룡이 영웅문의 문주라고요."

그제야 진도제의 얼굴이 물결처럼 일렁거렸다. 아들이 한 말의 뜻을 조금씩 알아듣기 시작한 것이다.

그러나 항주를 비롯한 절강성 전역을 지배하고, 어제까지 진도제가 몸담고 있었던 평호현 해웅방을 발아래에 두고 있는 영웅문의 문주가 자신의 아들이라는 사실을 받아들이는 일은 그리 쉽지 않았다.

진천룡은 민수림의 손을 잡아 앞으로 이끌고 소개했다.

"이 사람이 영웅문 태상문주인 철옥신수입니다."

부옥령이 얼른 민수림 옆으로 나서 자신을 소개했다.

"저는 무정신수예요. 무림에서는 우리 세 사람을 영웅삼신수라고 부르죠."

영웅문주인 전광신수와 태상문주인 철옥신수, 그리고 좌호법인 무정신수 세 사람 즉, 영웅삼신수에 대한 소문은 절강성, 아니, 강남무림에서 모르는 사람이 없을 것이다.

그때 진도제가 다급한 외침을 터뜨렸다.

"여보!"

진천룡이 쳐다보니까 손하린이 혼절해서 옆으로 쓰러지는 걸 당황한 진도제가 부축하고 있었다.

"어머니!"

너무나도 충격이 큰 탓에 손하린이 혼절해 버린 것이다.

* * *

진천룡은 우선 손하린을 용림재 이 층 침실로 옮겼다.

소식을 들은 사모님 상명이 한달음에 이 층으로 달려 올라와서 손하린을 돌보았다.

상명의 딸이며 진천룡의 사매인 장한지와 사제 독보도 올라와서 오랜만에 보는 진천룡에게 인사를 했다.

다행히 손하린은 잠시 후에 깨어났다. 그녀가 누워 있는 침상 옆에는 진천룡과 진도제, 상명 등이 서 있었다.

"여보… 천룡아……."

손하린은 남편과 아들 그리고 자식들이 침상 주위에 있는 것을 보고는 안도하는 표정을 지었다.

진천룡은 상명을 가족에게 소개했다.

"이분은 사모님이십니다."

그러고는 진천룡은 잠시 후에 방을 나왔다.

가족들이 안정을 취할 시간이 필요할 것 같았고 또한 상명이 진천룡에 대해서 설명해 줄 것을 기대해서였다.

반 시진 후에 진천룡은 진도제, 손하린과 마주하고 앉았다.

"처음부터 말씀드리지 못해서 죄송합니다."

가족들은 진천룡에 대해서 상명에게 자세히 설명을 들은 덕분에 어느 정도 알게 되었다.

하지만 상명도 오늘날 진천룡이 있기까지의 과정에 대해서는 절반도 알지 못하기에 자신이 아는 범위 내에서 자세히 얘기해 주었다.

진도제와 손하린은 공손한 태도로 사과하는 진천룡을 새삼스럽게 바라보았다.

사람으로 볼 때는 자신들의 아들이 분명한데 영웅문주 전광신수라고 하니까 아예 남 같은 느낌이 들었다.

진도제는 심호흡을 한 후에 진지한 얼굴로 말했다.

"어찌 된 일인지 설명해 주겠니?"

"네, 아버지."

그때부터 진천룡은 자신이 기억하고 있는 다섯 살 때부터 일어난 일들을 하나도 빠짐없이 자세히 설명했다.

그러나 민수림이 기억을 잃은 것이나 부모가 굳이 몰라도 될 영웅문에 대한 구체적인 이야기는 말하지 않았다.

긴 설명이 끝났을 때 손하린은 울고 있었다.

진천룡이 자신을 납치한 여자 민수림을 어머니로 알고 살다가 겨우 다섯 살 때 민수림이 죽어서 혼자가 되어 어린 나이에 문전걸식 빌어먹으면서 갖은 고생을 다 했다는 얘기를 할 때부터 손하린은 비 오듯이 눈물을 쏟았다.

그가 무도관 청풍원의 원주인 장도명에게 거두어져서 무술을 배우기 시작했다는 얘기를 듣고는 조금 안도하는 것 같았으나 여전히 고생을 밥 먹듯이 했다는 말을 듣고는 또다시 울음을 터뜨렸다.

"천룡아……."

손하린은 꼭 잡은 진천룡의 손을 놓지 않은 채 처음부터 끝까지 울었다.

진천룡이 영웅문을 세우고 그때부터 승승장구하여 오늘에 이르게 되었다는 설명을 할 때에는 기쁨의 눈물을 흘리는 손하린이었다.

진천룡이 모든 설명을 끝냈는데도 진도제는 고개를 숙인 채 아무 말도 하지 않았다.

"아버지."

진천룡이 조심스럽게 부르자 그제야 진도제는 고개를 들고 붉게 충혈된 눈으로 그를 바라보았다.

"천룡아, 너한테는 그저 미안할 뿐이로구나."

"아버지, 그게 무슨 말씀이에요?"

"우리는 너를 돌보지도 못하고 잃어버렸는데… 너는 갖은 고생을 하면서도 이렇게 훌륭한 인물이 되었구나……."

진도제는 착잡한 표정으로 굵은 눈물을 흘렸다.

"너에게 참으로 염치가 없다."

진천룡은 가슴이 뭉클하여 목이 메었다.

"아버지……."

"그래도 부모라고 네 발로 우리를 찾아오다니… 뭐라고 말할 수 없는 심정이구나."

*　　　*　　　*

하지만 진천룡은 부모를 추호도 원망하지 않았다. 그와는 반대로 부모는 하나뿐인 아들을 잃고 얼마나 피눈물을 흘리면서 애태웠겠는가.

진천룡은 다섯 살 때 죽은 모친 민수림을 철석같이 친어머니라고 여기면서 살았으니까 그다지 외로움을 느끼지는 않았던 것 같았다.

그렇게 생각하면 친부모를 원망하고 싶은 생각 따윈 생기지도 않는다.

진천룡은 자책하는 부모를 위해서 화제를 바꾸었다.

"제가 몇 살입니까?"

손하린은 눈물을 흘리면서 대답했다.

"잃어버렸을 당시에 너는 태어난 지 반년밖에 되지 않았었단다. 그때가 이십삼 년 전이었으니까 지금 네 나이는 스물넷인 게지."

진검룡은 자신의 나이를 스물하나로 알고 있었는데 실상은 그보다 세 살 더 먹은 스물넷이었다.

진천룡은 공손하게 말했다.

"저는 잃어버린 세월을 원망하기보다는 이제라도 두 분과 동생들을 만나게 된 것을 다행이라고 생각합니다."

그는 두 사람의 손을 꼭 잡았다.

"그러니까 앞으로는 아무런 걱정 하지 마세요. 우리 헤어지지 말고 영원히 함께 사는 겁니다."

진도제는 굵은 눈물을 뚝뚝 흘리고, 손하린은 어깨를 들먹이면서 낮게 흐느껴 울었다.

진천룡은 두 사람에게 다짐하였다.

"저는 돈도 많고 수하들도 많으니까 두 분께서 하고 싶은 것을 다 해드릴 수 있습니다."

돈 자랑이 아니라 부모를 위로하는 것이고 그것은 효과가 있었다.

"아셨죠? 이제부터 제가 아버지 어머니께 효도할 겁니다."

진도제와 손하린은 아무 말도 하지 못하고 고개를 숙인 채 눈물만 흘렸다.

"천룡아… 네가 정말 내 아들이니?"

"네, 어머니."

"꿈을 꾸는 것만 같구나……."

진천룡은 감개무량한 표정으로 굵은 눈물만 흘리고 있는 아버지를 바라보았다.

"아버지, 친구분들이 그리우실 것 같아요?"

"음?"

진도제는 붉어진 눈으로 아들을 바라보다가 고개를 가로저으며 어색하게 웃었다.

"아니다. 친구들이야 뭘……."

손하린은 진천룡의 손을 잡은 채 남편을 바라보며 측은한 표정을 지었다.

"해웅방에 오래 다녔기 때문에 네 아버지의 삶은 온통 거기에 다 속해 계시단다."

진도제는 미소를 지었다.

"괜찮소, 여보. 새로운 곳에 왔으니 새 삶을 살아야지."

진천룡은 빙그레 미소 지었다.

"새로운 삶을 사셔야 하지만 친구들과 같이 지내는 것도 괜찮습니다."

진도제는 의아한 표정을 지었다.

"그게 무슨 뜻이니? 친구라니……."

"아버지 친구분들을 평호현에서 다 모시고 오는 것은 어떻겠습니까?"

"뭐어……?"

진천룡은 간단하게 말했다.

"해웅방을 통째로 영웅문으로 옮기는 겁니다."

"허어……."

진도제는 상상조차 할 수 없는 엄청난 얘기에 대꾸도 못 한 채 멍한 표정을 지었다.

진천룡은 사십 대 중반의 나이인 아버지에게 다시 무공을 가르쳐 무공 실력을 최대한 높인 후 영웅문의 요직에 기용하려는 생각을 애당초 하지 않았다.

아버지는 아버지의 인생이 있다. 거기에 맞춰서 편하게 살게 해드리는 것이 효도라고 진천룡은 생각했다.

진도제는 얼굴에 기대 어린 표정을 지었다.

"그… 럴 수 있는 것이니?"

"그럴 수 있지요."

진도제는 아들의 손을 힘주어 잡았다.

"할 수 있다면 해다오. 부탁하마."

"아유……! 아버지, 아들에게 부탁이 뭡니까? 앞으로는 명령을 내리세요."

진천룡의 얼굴에서는 미소가 사라지지 않았다.

"아버지께선 해웅방에서 무슨 일을 하셨나요?"

"우리 해웅방 내의 해웅 포구에 정박하는 상선들에 화물을 선적하고 하역하는 일을 담당했었지."

진천룡은 의아한 표정을 지었다.

"아버지는 휘검당주셨잖습니까?"

'휘검'은 검을 휘두른다는 의미이며 통상적으로 휘검이라는 명칭이 들어가면 싸우는, 즉, 전투하는 조직을 가리킨다.

그런데 진도제가 휘검당주이면서 화물을 선적하고 하역하는 일을 담당했었다고 하니까 의문이 든 것이다.

아들이 그렇게 묻는 의도를 짐작한 진도제는 멋쩍은 미소를 지었다.

"당명(堂名)만 번듯하단다."

진천룡은 고개를 끄떡였다.

"그럼 해웅방 사람들에게 마땅한 일을 맡기겠습니다."

"고맙다."

진천룡은 미소를 지으며 손하린에게 물었다.

"어머니는 평호현에서 데려올 사람이 없나요?"

손하린은 미소를 지으며 온화하게 말했다.

"나는 괜찮아."

진천룡은 어머니가 괜찮다고 손을 저으면서도 얼굴에 왠지 애잔한 표정이 떠오른 것을 놓치지 않았다.

"어머니, 뭐든지 말씀만 하세요. 이 아들은 어머니의 소원이라면 다 해드릴 수 있으니까요."

진도제가 대신 말했다.

"네 어머니는 꽤 오랫동안 부모님과 형제자매들을 만나지 못했단다."

그 얘기가 나오자 손하린은 울컥하고 눈물을 흘렸다.

"흑흑……!"

진도제는 미안한 표정으로 말을 이었다.

"네 어머니 친정이 워낙 멀다 보니까 다녀오는 것이 만만한 일이 아니란다."

"어머니 친정이 어디입니까?"

"복건성 병남현(屛南縣)이라는 곳이다."

"거기에 누가 사십니까?"

"이십여 년 전까지 네 어머니 부모님과 형제자매들이 모두 그곳에서 살고 있었어."

진천룡은 손하린에게 말했다.

"어머니, 그분들을 모두 모셔 올까요?"

손하린은 눈을 빛냈다.

"그래 줄 수 있겠니?"

"그럼요."

진천룡은 전음으로 밖에 있는 청랑을 불렀다.

척!

그런데 문이 열리고 청랑과 은조가 같이 들어왔다.

"아……!"

갑자기 문이 벌컥 열리더니 아리따운 아가씨 두 명이 달려 들어오자 진도제와 손하린은 깜짝 놀라서 몸이 굳었다.

진도제와 손하린은 아들하고 있을 때는 긴장이 풀어져서 괜찮은데 낯선 사람을 만나면 아직도 놀라서 경직된다.

청랑만 불렀는데도 은조까지 들어왔지만 진천룡은 그녀들을 나무라지 않았다.

"지금 가서 외문당주와 내문당주, 총전주, 그리고 훈용강을 불러오너라."

청랑과 은조는 공손히 허리를 굽혔다.

"주인님의 명을 받듭니다."

평소에 진천룡이 명령을 내리면 그녀들은 '알았어요'라든지 '네' 정도로 대답하는데 지금은 어쩐 일인지 깍듯하게 예절을 갖추었다.

진천룡은 청랑과 은조가 나가지 않고 머뭇거리는 것을 보고 손을 내저었다.

"어서 나가지 않고 무얼 하는 게냐?"

두 여자는 종달새처럼 종알거렸다.
"주인님의 부모님께 소녀들을 소개시켜 주셔야죠."
"뭐야……?"
그녀들은 진천룡이 뭐라고 하기도 전에 진도제와 손하린에게 꾸벅 허리를 굽히며 낭랑하게 외치듯 말했다.
"소녀들은 주인님의 충성스러운 종인 청랑과 은조입니다. 목숨을 바쳐서 충성을 다할게요!"
진도제와 손하린이 넋이 나간 표정으로 멀뚱하게 그녀들을 바라보았다.
그러자 바른말 잘하는 은조가 염려스러운 표정을 지으며 말했다.
"왜 아무 말씀도 없으신가요? 설마 저희가 마음에 들지 않으신 건가요?"
진도제와 손하린은 사색이 되어 미친 듯이 두 손을 마구 휘저었다.
"아, 아닙니다!"
"절대 그렇지 않아요!"
진천룡이 점잖게 타일렀다.
"어서 명령을 이행해라."
"주인님, 소녀들은 주인님 부모님께……."
철썩!
"혼나고 싶은 게냐?"

진천룡은 청랑과 은조의 볼기를 냅다 갈겼다.
청랑과 은조는 두 손으로 볼기를 감싸고 얼굴이 빨개져서 밖으로 나갔다.
그녀들이 나가고 문이 닫히고 나서야 손하린은 조심스럽게 물었다.
"천룡아, 누구니?"
진천룡은 미소 지었다.
"제 측근이에요."
"종이라고 하는 것 같던데……."
"하하! 여종입니다."
진도제와 손하린이 봤을 때 청랑과 은조는 일개 성을 망하게 할 정도의 경성지색의 미인이며 무림고수인데 진천룡의 여종이라는 사실에 크게 놀랐다.
그런데 다시 문이 살며시 열렸다.
진천룡이 쳐다보자 부옥령이 문을 조금 열고 얼굴을 디밀고는 진천룡에게 말했다.
"소저께서 들어가시고 싶대요."
사실 민수림은 진도제와 손하린에게 정식으로 인사를 드리고 싶지만 진천룡이 기회를 만들어줄 때까지 잠자코 기다릴 생각이었다.
그런데 부옥령이 지금이 좋은 기회라면서 한사코 손을 잡아끌어 지금에 이른 것이다.

진도제와 손하린은 조금 열린 문틈으로 부옥령과 그 뒤에 서 있는 민수림을 보고는 후다닥 일어섰다.

그녀들이 영웅문의 태상문주와 좌호법이라는 사실을 알기 때문에 예를 갖추려는 것이다.

진천룡도 일어나서 그녀들을 맞이했다.

"들어오십시오."

부옥령은 때는 이때다 싶어서 문을 활짝 열고 민수림을 안내했다.

"들어오세요, 소저."

부옥령은 민수림 때문에 자신도 어쩔 수 없이 따라서 들어오는 것처럼 행동했다.

진도제와 손하린은 두 여자를 감히 똑바로 쳐다보지 못하고 얼른 고개를 숙였다.

남녀와 나이의 고하를 막론하고 두 여자가 지독히도 아름다워서 진도제와 손하린은 감히 쳐다보지 못했다. 쳐다보는 것이 죄를 짓는 것 같아서다.

진천룡은 부모에게 앉기를 권했다.

"앉으세요."

그렇지만 두 사람은 먼저 앉지 못하고 쭈뼛거렸다.

"두 분께서 앉으셔야 여기 여자분들도 앉을 겁니다."

"아……."

진천룡의 말에 비로소 깨달은 두 사람은 자리에 앉기는 했지만 꼿꼿한 자세를 유지했다.

진천룡이 맞은편에 앉자 민수림과 부옥령이 각각 좌우에 다소곳이 앉았다.

천하절색의 미인이 두 명씩이나 맞은편에 앉자 진도제와 손하린은 눈을 둘 곳이 없어서 이리저리 쳐다보기도 하고 고개를 숙이기도 했다.

그 광경을 보고 진천룡은 부모님과 민수림이 한시바삐 가까운 사이가 되어야겠다고 생각하여 먼저 말문을 열었다.

"어머니, 아버지. 소개하겠습니다."

그는 민수림의 손을 잡고 소개했다.

"두 분의 며느리가 될 사람입니다."

"……!"

진천룡은 민수림에게 재빨리 전음을 보냈다.

[수림, 부모님께 수림 이름을 설옥군(雪玉君)이라고 소개하십시오.]

진천룡이 갑자기 그런 요구를 하면 놀랄 만도 할 텐데 민수림은 전혀 놀라지 않고 사르르 일어나서 고개를 숙이며 자신을 소개했다.

"설옥군이에요."

진도제와 손하린은 크게 당황해서 어쩔 줄 모르고 자신들도 벌떡 일어섰다.

"지… 진도제입니다……!"

"천룡의 어미예요. 잘 부탁해요……!"

그리고 또 한 사람, 부옥령은 눈을 휘둥그렇게 뜨고 경악하고 있었다.

왜냐하면 민수림의 본래 신분인 천상옥녀의 본명이 설옥군이었기 때문이다.

第百三十九章

외가(外家)

진천룡은 부옥령의 시선을 느끼고 그녀를 쳐다보았다.

[왜 그렇게 보느냐]

[주인님께서 방금 전에 설옥군이라는 이름을 소저께 가르쳐 주신 거죠?]

[그런데 왜?]

[어째서 소저의 이름이 민수림에서 설옥군으로 바뀐 건가요?]

진천룡은 부옥령을 쳐다보지 않고 대수롭지 않은 것처럼 대답했다.

[그럴 일이 있다.]

부옥령은 진천룡이 말한 '그럴 일이 있다'라는 이유가 무엇인지 몹시 궁금했다.

'혹시 주인님께서 소저의 신분을 알게 된 걸까?'

부옥령이 진천룡의 표정을 가만히 살펴보니까 그런 것 같지는 않았다.

만약 진천룡이 천상옥녀의 진실한 신분을 알았다면 저렇게 태연하지 못할 것이기 때문이다.

그렇다면 진천룡은 대체 어떻게 '설옥군'이라는 이름을 떠올렸다는 말인가.

진도제와 손하린은 아예 넋이 달아난 얼굴로 민수림, 아니, 설옥군을 바라보았다.

그런데 설옥군은 여태까지 한 번도 그런 적이 없었는데 지금은 진도제와 손하린 앞에서 부끄러워하고 있다.

두 사람이 자신을 빤히 주시하자 설옥군의 얼굴이 능금처럼 붉어져서는 눈을 내리깔았다.

설옥군의 그런 모습이 더욱 고혹적이라서 진도제와 손하린은 눈을 떼지 못했다.

천하절색인 이런 미녀가 아들의 연인이며 자신들의 며느리가 될 것이라는 사실이 진도제와 손하린은 꿈만 같아서 벌어진 입을 다물지 못했다.

진천룡은 흐뭇하게 미소 지으며 부모에게 말했다.

"뭐라고 한 말씀 하세요."

"어… 그래."

진도제는 흠칫 놀라서 고개를 끄떡였고, 손하린은 홀린 듯 한 표정으로 말했다.

"너무 아름다우셔요……."

설옥군은 손하린을 한번 쳐다보고는 더욱 부끄러워하며 고개를 숙였다.

"고맙습니다."

진천룡이 지적했다.

"어머니라고 하세요."

설옥군은 진천룡을 한번 보고는 손하린에게 공손히 고개를 숙이며 말했다.

"고맙습니다, 어머님."

"아유……."

'어머님'이라는 호칭에 손하린은 몸 둘 바를 모르고 크게 당황했다.

진천룡은 설옥군에게 또 주문했다.

"아버지도 불러 드리십시오. 섭섭하실 겁니다."

설옥군은 말 잘 듣는 아내처럼 진도제에게 나붓이 고개를 숙였다.

"아버님, 앞으로 잘할게요."

"허어……."

진도제는 가슴에 정통으로 장풍을 적중당한 것 같은 표정을 지었다.

시간이 지나면서 진도제와 손하린은 지금 벌어지고 있는 일이 조금씩 현실로 받아들여졌다.

부옥령은 자신도 진천룡의 여자라는 사실을 그의 부모에게 각인시키려고 기회를 엿보고 있는 중이지만 상황이 여의치가 않았다.

그녀가 평소에 아무리 얼굴에 철판을 깔고 또 배짱 두둑하게 행동을 했었어도 진천룡과 설옥군, 그리고 진천룡의 부모까지 있는 자리에서까지 그런 행동을 하기는 쉽지 않았다.

그때 문이 열리고 외문총관 풍건과 내문총관 한림, 총무전주 유려, 그리고 훈용강이 들어왔다.

진천룡은 측근들과 상의한 결과 평호현 해웅방을 총무전 휘하에 두기로 했다.

'해웅'이라는 이름을 그대로 써서 해웅당(海雄堂)으로 하고 당주는 해웅방주가 맡고 그 아래 각 향주들은 예전 해웅방에서 당주를 하던 사람들이 맡는다.

그러므로 진도제는 총무전 휘하 해웅당 소속의 향주가 되는 것이다.

진천룡과 측근들이 진도제에게 영웅문에서의 높은 지위를 얻으시거나 별정직을 신설해서 수장이 되라고 권했으나 그가 강력하게 반대를 했다.

진도제는 자신의 능력을 누구보다도 잘 알고 있기 때문에 영웅문주의 부친이라는 사실 때문에 특별한 대우를 받기 싫다는 것이다.

문주의 부친이 일개 당 소속의 향주라면 사람들이 매우 불편할 것이라면서 측근들이 거세게 반발했지만 진도제의 뜻을 꺾지 못했다.

훈용강만 남고 측근들이 물러간 후 진천룡은 그에게 넌지시 물었다.

"용강, 복건성 병남현을 아나?"

꼿꼿하게 앉아 있던 훈용강은 고개를 숙였다.

"잘 압니다."

"자네 그곳에 좀 다녀오게."

"무슨 일입니까?"

진천룡은 공손히 손하린을 가리켰다.

"어머니의 부모님과 가족들을 모셔 오게."

훈용강은 깜짝 놀라더니 진도제와 손하린에게 공손히 고개를 숙였다.

"맡겨주십시오."

손하린은 훈용강에게 고개를 숙였다.

"잘 부탁해요."

훈용강은 당황해서 두 손을 마구 저었다.

"마… 말씀을 낮추십시오……!"

진천룡이 훈용강에게 물었다.

"용강, 내 외가 근간의 자세한 사정에 대해서 먼저 알 수는 없을까?"

"가능합니다."

훈용강은 손하린에게 친정의 정확한 위치와 부모가 누군지에 대해서 알아내고는 잠시 밖에 나갔다.

그가 문을 닫기를 기다렸다가 진도제가 진천룡에게 궁금한 듯 물었다.

"저 사람이 누구니?"

"본문의 장로예요."

"그게 아니라 저 사람이 누군데 복건성에 대해서 잘 알고 있느냐는 게야."

"아……."

진천룡은 미소 지으며 설명했다.

"아버지, 삼절사존이라는 별호를 들어보셨습니까?"

진도제는 고개를 끄떡였다.

"절강성에 살면서 그 악마를 모르는 사람은 없을 것이다."

진천룡은 빙그레 미소 지었다.

"조금 전의 그가 삼절사존입니다."

"아……."

진도제는 소스라치게 놀라서 벌떡 일어섰다.

진천룡을 만나기 전까지의 삼절사존은 복건성을 중심으로 천여 리 일대에서 '악의 화신'으로 불릴 만큼 유명했었다.

그런 삼절사존이 조금 전에 자신들에게 더없이 공손히 머리를 조아렸다는 사실 때문에 진도제는 소름이 오싹 끼쳤다.

그때 문이 열리고 훈용강이 들어서는 걸 보고 진도제는 자시도 모르게 헛바람을 들이켰다.

"허억!"

훈용강을 뒤따라서 현수란이 살짝 토라진 표정을 지으며 들어서고 있다.

훈용강은 진도제가 자신을 보고 크게 놀라는 모습을 보고는 의아한 표정을 지었다.

"왜 그러십니까?"

진천룡이 웃으면서 대답했다.

"자네가 삼절사존이라고 말씀드렸어."

훈용강은 뒷머리를 만지면서 멋쩍은 표정을 지었다.

"그건 옛날 일입니다. 주군을 만난 이후 개과천선해서 지금은 착해졌습니다."

그가 선한 미소를 짓자 진도제는 그제야 안도하는 표정을 지었다.

현수란은 가까이 다가와서 진천룡에게 새침한 얼굴로 말했다.

"주군, 다들 부르시면서 왜 저는 안 부르셨죠?"

"다들 볼일이 있어서 불렀지만 수란, 너에게는 볼일이 없었다."

진도제와 손하린은 매우 아름답고 요염한 삼십 대 중반의 여인에게 진천룡이 거침없이 하대를 하자 놀라면서도 그녀가 누군지 궁금했다.

"왜 볼일이 없죠?"

현수란이 누군지 모르는 진도제와 손하린이지만 그녀가 생떼를 쓴다는 사실을 알아차렸다.

진천룡은 어이없는 표정을 지었다.

"할 말 없으면 나가라."

"말씀드릴 게 있어요."

"뭐냐?"

현수란은 갑자기 울상을 지었다.

"저, 장로 지위를 내놓겠어요."

진천룡은 놀라는 표정을 지었다.

"왜?"

"장로는 할 일이 없어서 심심해요. 저 그냥 예전처럼 십엽당주 할래요."

진천룡은 단호한 표정을 지었다.

"십엽당주는 이미 화엽에게 주었잖느냐."

"화엽은 다시 십엽루로 돌아가라고 하죠 뭐."

"십엽루는 송두리째 총무전으로 흡수되어 사라졌는데 화엽을 어디로 보낸다는 거냐?"

"다시 토해내세요."

"뭐어……?"

현수란이 자꾸 억지를 쓰자 부옥령이 나섰다.

"현수란, 죽고 싶으냐?"

현수란도 부옥령이라고 하면 저승사자처럼 생각하고 있기에 부지중에 움찔했다.

진도제는 이들의 대화를 듣고 현수란이 영웅문 장로의 신분이며 예전에는 십엽루의 주인 즉, 십엽루주였다는 사실을 유추해 냈다.

십엽루가 절강성 최고 부자라는 사실은 코흘리개조차도 알고 있는 사실이기 때문에 진도제가 모를 리 없다.

부옥령이 현수란에게 말했다.

"찾아온 이유를 솔직하게 말해라."

현수란은 씁쓸하게 말했다.

"일거리를 주세요."

영웅문 장로라는 지위는 명예직이라서 특별하게 할 일이 없다.

부옥령은 진천룡에게 넌지시 말했다.

"현수란에게 주군의 여동생분들을 맡기면 어떨까요?"

"맡기다니 뭘?"

"여동생분들께서 검술을 배우고 싶어 하신다면서요?"

"아……."

진천룡은 현수란을 보며 못 미더운 표정을 지었다.

"수란이 검을 잘 쓰던가?"

현수란은 넓은 쪽으로 걸어가며 자신 있게 말했다.

"제 검법을 보시겠어요?"

그녀는 한쪽 옆의 넓은 곳 한가운데 우뚝 서서 차분한 목소리로 말했다.

"제가 검법만으로는 용강 오라버니를 이겨요."

훈용강이 멋쩍은 표정을 지었다.

"사실입니다."

훈용강의 별호 삼절 중에 첫 일절이 검절인 만큼 그의 검법은 막강하다.

그런데 현수란이 검법으로 그를 이긴다면 그녀의 검법이 굉장하다는 뜻이다.

진도제는 검을 무기로 사용하기 때문에 바짝 긴장한 표정으로 현수란을 주시했다.

슥…….

현수란은 오른팔을 앞으로 쭉 뻗고 공력을 끌어올렸다.

치잉……!

순간 그녀의 손에 반투명한 핏빛의 무형검(無形劍) 한 자루가 만들어졌다.

"아……."

진도제는 너무 놀라서 나직한 탄성을 흘렸다. 그는 초극고수가 무형검을 생성하여 검법을 전개한다는 말만 들었을 뿐 실제로 보기는 처음이었다.

현수란이 오른손에 쥐고 있는 무형검은 은은한 핏빛이다. 그녀의 별호가 혈옥엽인 것처럼 그녀가 전개하는 검법 역시 핏빛과 연관이 있기 때문이다.

공력이 약 삼백오십 년 이상이어야 무형검을 만들어낼 수 있는데 현수란의 현재 공력은 사백 년에 가깝다.

현수란은 조용한 목소리로 중얼거리듯 말했다.

"혈옥십팔검(血玉十八劍)이에요."

* * *

현수란은 핏빛의 무형검을 천천히 들어 올렸다.

스응…….

그러자 무형검이 낮은 울음을 흘리면서 핏빛의 그림자 검영(劍影)을 켜켜이 만들었다.

그 순간 현수란의 오른손이 육안으로 보이지 않을 정도로 빠르게 허공을 그어댔다.

츠으으—

무형검에서 핏빛의 검기가 발출되어 허공에 어지러이 수십 개의 직선을 그었다가 사라졌다.

다음 순간 실내의 허공 여기저기에 핏빛 손톱 크기의 점들이 반짝거렸다.

현수란이 무형검으로 한쪽 방향을 가리키자 핏빛의 점들이 그쪽으로 번갯불처럼 쏘아갔다.

파아아!

그것들은 한쪽 벽에 적중될 것처럼 쏘아갔다가 벽과 한 뼘 거리에서 딱 정지했다.

현수란은 진천룡을 보면서 생긋 웃었다.

"벽에 구멍을 뚫으면 혼나겠죠?"

원래는 핏빛의 점, 즉, 검기 열여덟 개가 열여덟 명의 적들에게 명중되는 검초식인데 벽에 구멍이 뚫릴까 봐 현수란이 벽 앞에서 정지시킨 것이다.

열여덟 개의 핏빛 점이라서 혈옥십팔검이다.

진도제는 경악하는 표정으로 현수란을 쳐다보았다. 그와 비슷한 수준의 검수들은 검기 같은 것을 발출하지 못하기 때문에 싸울 때 도검끼리 맞부딪치고 도검으로 직접 상대의 몸을 찌르거나 베어야만 한다.

검기를 뿜어내서 적을 살상한다는 것은 진도제 같은 사람들에겐 꿈같은 일이다.

그 꿈같은 일이 지금 진도제의 눈앞에서 벌어지고 있다.

더구나 검기를 하나가 아니라 무려 열여덟 개씩이나 한꺼번에 발출했으며 그것들을 자유자재로 부렸다.

그때 현수란이 무형검으로 반대쪽 벽을 가리키면서 말했다.

슥—

"열여덟 개 혈옥을 하나로 모을 수도 있어요."

그러자 벽면 앞에 정지해 있는 열여덟 개의 핏빛 점, 혈옥들이 일제히 반대편 벽으로 쏘아갔다.

스파아앗!

그냥 쏘아가는 것이 아니라 열여덟 개 혈옥들이 쏘아가면서 모이더니 결국 하나로 뭉쳤다.

큐웅!

하나로 뭉친 혈옥의 크기도 엄지손톱 정도이며 반대편 벽면 한가운데에서 한 뼘 거리를 두고 멈추었다.

현수란이 오른손을 내리자 무형검이 사라졌다.

스응…….

그녀는 진천룡에게 걸어오면서 애교 섞인 미소를 지으며 몸을 비틀었다.

"주군, 여동생분들은 저에게 맡겨주세요."

진천룡은 부친에게 물었다.

"아버지 의견은 어떠십니까?"

진도제는 현수란을 쳐다보았다.

"너무 고강하신 거 아닌가?"

현수란이 얼른 대답했다.

"사부가 고강할수록 좋죠."

"그 아이들은 공력도 형편없는데 과연 이분의 놀라운 검법을 배울 수 있겠느냐?"

현수란은 검지를 세워서 좌우로 까딱거리며 흔들었다.

"그런 건 조금도 문제가 되지 않아요."

"어째서 그렇소?"

현수란은 미소 지으며 두 손으로 진천룡을 가리켰다.

"주군께서 여동생분들의 임독양맥을 소통시켜 주면 문제는 간단하게 해결될 거예요."

진도제는 크게 놀라는 표정을 지었다.

"임독양맥 소통… 생사현관 말이오?"

"정답이에요."

"그걸 천룡이가 한다는 말이오?"

"그렇습니다."

진도제는 놀란 얼굴로 아들에게 물었다.

"정말이냐?"

진천룡은 빙그레 미소 지었다.

"네, 아버지."

"그게 가능한 거냐?"

현수란은 설옥군과 부옥령, 그리고 자신을 차례로 가리키면서 종알거렸다.

"주군께서 여기 계신 소저와 좌호법님, 그리고 저를 비롯한 측근 모두의 임독양맥 소통은 물론이고 벌모세수와 환골탈태까지 시켜주셨어요."

"맙소사……."

진도제는 눈을 휘둥그렇게 뜨며 꿈을 꾸는 듯한 표정으로 진천룡을 쳐다보았다.

"너는 정말 굉장하구나……!"

진천룡은 쑥스러운 표정을 지었다.

"과찬이십니다."

현수란은 웃으며 그를 약올렸다.

"호호홋! 주군께서 겸손하시니까 이상해요."

"너 정말……."

진천룡이 슬쩍 인상을 쓰니까 현수란은 찔끔했다.

진도제는 잔뜩 기대하는 표정으로 아들에게 물었다.

"나도 가능하냐?"

"임독양맥 소통말입니까?"

"그래."

"물론 가능합니다."

현수란이 또 끼어들었다.

"그런데 나신이 돼야 해요. 주군께서 나신 곳곳을 주물러야 하기 때문이에요."

진도제는 일고의 가치도 없다는 듯 말했다.

"아들인데 뭐 어떻소?"

"대단하시군요."

진도제는 설옥군과 부옥령, 현수란을 두루 쳐다보며 말했다.

"그대들은 여자이면서도 천룡에게 나신을 보이고 또 만져졌을 것 아니오?"

세 여자는 동시에 얼굴을 붉혔다.

진도제는 그럴 줄 알았다는 듯한 표정을 지었다.

"생사현관의 소통이라는 뚜렷한 명분이 있는데 설마 부끄러움을 이기지 못했겠소?"

현수란은 묘한 미소를 지었다.

"주군께 저희들의 나신을 보이고 만져진 일이 한두 번이 아니라서 부끄러움은 그다지 없어요."

"……."

진천룡은 당황했으나 현수란은 말을 그치지 않았다.

"저희들은 검황천문의 적들과 수시로 싸우는데 걸핏하면 중상을 입었고 그때마다 주군께서 저희들을 벌거벗겨서 치료하셨어요."

진천룡이 다 죽어가는 중상자조차도 거뜬히 살리는 능력이 있다는 사실을 모르는 진도제는 놀라는 표정으로 아들을 쳐다보았다.

"너……."

진도제는 아들이 걸핏하면 여자들을 벗기는 못된 버릇이 있다고 오해했다.

"아, 아닙니다, 아버지."

그때 부옥령이 나섰다.

"아버님, 오해하지 마세요. 그때는 그럴 수밖에 없는 상황이었어요."

그녀는 은근슬쩍 진도제를 '아버님'이라고 부르는 데 성공하고 속으로 쾌재를 불렀다.

"아버님 그리고 어머님, 제 얘기 들어보세요."

그녀는 이번에는 '어머님'까지 부르고는 기분이 하늘을 날 것처럼 좋아졌다.

"도검에 찔리거나 베이면 심장이나 간이 터지고 내장이 빨랫줄처럼 밖으로 흘러나오기도 하고 피가 콸콸 쏟아지기 때문에 옷을 입은 상태로는 치료가 불가능해요."

진도제는 이해한다는 듯이 고개를 끄떡였다.

평호현 해웅방은 아주 작은 상단과 포구를 보유하고 있기 때문에 장사로 먹고산다. 그래서 싸움 같은 것은 거의 하지 않는 편이다.

그 덕분에 싸움다운 싸움을 거의 해본 적이 없는 진도제라서 부옥령의 말이 이해는 가지만 잘 상상되지 않았다.

도대체 어떻게 싸워야 심장이나 간이 터지고 내장이 빨랫줄처럼 밖으로 흘러나오며 피가 콸콸 쏟아진다는 말인가.

진도제는 일어나서 현수란에게 정중히 포권을 하며 고개를 깊이 숙였다.

"사부님, 제 여식들을 잘 부탁하오."

"아… 아유! 아버님……! 이러지 마세요……!"

현수란은 당황해서 두 손을 마구 저었다. 그녀는 진도제에게 얼렁뚱땅 '아버님'이라고 불렀다.

진천룡은 부친과 두 여동생의 임독양맥을 소통해 주려고 따로 불렀다.

"아버지는 공력이 얼마입니까?"

아들의 물음에 진도제는 부끄러운 표정을 지었다.

"공력이라고 할 것도 없다. 겨우 오십 년 공력이니까……."

시골 방파의 당주치고는 괜찮은 공력이다. 그걸 보면 진도제가 얼마나 무공연마에 열중했는지 짐작할 수 있다.

진도제는 궁금한 듯 물었다.

"임독양맥을 소통시키면 공력이 두 배 가까이 된다는데 그게 정말이니?"

진천룡은 잠시 생각하다가 미소 지으며 말했다.

"제가 아버지 공력을 백오십 년으로 만들어 드릴게요."

"뭐어……? 그게 가능한 일이냐?"

"가능합니다."

진도제의 현재 공력이 오십 년인데 그걸 백오십 년으로 증진시켜 준다는 것이다.

진천룡은 아버지의 임독양맥을 소통하는 것뿐만 아니라 벌모세수와 환골탈태를 시켜주면 공력이 백이십 년쯤 될 것이고, 거기에 더해 자신의 순정기를 공력으로 변환시켜서 주입시켜야겠다고 마음먹었다.

진보라와 진보운 두 여동생은 진천룡이 자신들의 임독양맥을 소통시켜 준다고 말한 직후부터 너무 흥분해서 정신을 잃을 정도였다.

무림인이라면 꿈에서라도 간절하게 원하는 임독양맥의 소통인데 그걸 이루게 됐으니 어찌 꿈같지 않겠는가.

"오라버니, 저희는요?"

두 여동생이 눈을 반짝거리면서 바라보는 것이 한없이 귀엽게만 느껴지는 진천룡은 그녀들의 머리를 쓰다듬었다.

"너희는 백 년 공력으로 만들어주마."

두 여동생은 환호성을 터뜨리면서 진천룡에게 달려들어 얼싸안았다.

"꺄아악!"

"오라버니! 사랑해요!"

진천룡은 두 여동생에게도 순정기를 공력으로 바꿔서 주입해 줄 생각이다.

진천룡의 체내에는 무진장의 순정기가 잠재되어 있기 때문에 얼마든지 주입해 줄 수가 있다.

진천룡은 조금 난감한 표정을 지었다.

"그런데 임독양맥 소통과 벌모세수, 환골탈태를 시전하려면 알몸이 되어야 하는데 괜찮겠니?"

두 여동생은 그의 말을 듣지 못한 것처럼 생글거렸다.

"그게 무슨 문제라도 되나요?"

"공력이 증진될 수 있다면 그보다 더한 것도 할 수 있어요."

진천룡이 아버지와 두 여동생을 재탄생시키고 있는 동안 손하린과 진검성은 앞으로 살게 될 새집을 구경했다.

진천룡의 옛 사모인 상명이 용림재 옆에 새로 지은 두 채의 전각으로 손하린을 안내했다.

새로운 전각 두 채는 각각 용림재보다 두 배 가까이 크고 방도 훨씬 많았다.

"이 집이 용림재라오."

상명이 자신의 집을 지나가면서 설명했다.

그녀는 새 전각 앞에 이르러 입구 위의 편액을 가리켰다.

"천룡이 지은 집 이름이에요."

편액에는 '진가계(津家界)'라고 웅혼한 필체로 적혀 있었다.

진천룡은 한 시진 반 동안 아버지와 두 여동생의 임독양맥 소통, 벌모세수, 환골탈태를 끝마쳤다.

제일 먼저 끝낸 진도제는 쌍영웅각 지하 밀실에서 혼자 운공조식을 하고 있었다.

진천룡은 침상에 나란히 누워 있는 나신의 두 여동생에게 부드러운 말로 지시했다.

"일어나서 지금부터 쉬지 말고 열 번 운공조식을 해야 한다. 알겠지?"

두 여동생은 발딱 일어나 앉아서 초롱초롱한 눈빛으로 그를 바라보며 물었다.

"그렇게 하면 저희들 공력이 얼마나 되는 건가요?"

"그러면 백 년 공력이 되는 건가요?"

진천룡은 빙그레 미소 지었다.

"내 계산이 틀리지 않았다면 너희 둘의 공력은 이 갑자, 백이십 년이 됐을 거야."

"옴마야!"

"꺄아악!"

두 여동생은 소스라치게 놀라서 비명을 지르는가 싶더니 그에게 달려들어 목에 매달리고 허리를 끌어안으며 기쁨의 눈물을 터뜨렸다.

"으아앙! 고마워요! 오라버니!"

"우와앙! 오라버니 최고예요!"

第百四十章

외가에서 생긴 일

복건성에 있는 자신의 방파 삼절맹에 전서구를 보냈던 훈용강이 답장을 받아 들고 진천룡을 찾아왔다.

"주군, 태모(太母)께서 중병 중이시라 가족 전체가 임종을 지키기 위해서 모였다고 합니다."

태모란 진천룡의 외할머니를 가리킨다.

진천룡은 크게 놀랐다.

"할머니께서……."

그는 벌떡 일어났다.

"안 되겠다. 내가 직접 가야겠다."

외조모가 임종을 앞두고 있다면 돌아가시기 전에 진천룡이 도착해서 살려야 하기 때문이다.

훈용강이 뒤따랐다.

"제가 안내하겠습니다."

진천룡은 빠른 걸음으로 걸으면서 물었다.

"얼마나 걸리겠는가?"

"빠르면 하루 반나절이고 늦으면 이틀입니다."

그 이야기를 전해 들은 손하린은 크게 놀라더니 어떻게 하느냐면서 발을 동동 굴렀다.

"어머니, 저와 같이 외가에 가시겠어요?"

"그래, 어서 가자꾸나."

진천룡의 물음에 손하린은 생각할 것도 없다는 듯 즉시 대답했다.

부친 진도제도 같이 가고 싶어 했으나 그러면 늦어질 것 같아서 다음을 기약했다.

진천룡 일행은 복건성 병남현을 향해 출발하여 이틀 동안 줄곧 달렸다.

진천룡과 설옥군, 부옥령, 훈용강, 청랑, 은조, 그리고 옥소와 네 명의 건장한 남자 영웅호위대 고수들이다.

영웅호위대 네 명의 고수가 메고 있는 교자(轎子:가마) 위에 손하림이 편안하게 앉아 있다.

어머니 손하린이 아니었으면 진천룡은 이미 외가에 도착했을 것이다.

하지만 외가는 진천룡보다는 어머니에게 훨씬 더 의미가 크기 때문에 늦더라도 그녀와 같이 가는 것이 좋다.

진천룡은 교자 옆에서 달리다가 허공으로 비스듬히 날아올라 손하린과 같은 높이에서 나란히 쏘아가면서 다정한 미소를 지으며 물었다.

"어머니, 배고프지 않으세요?"

손하린은 봄바람처럼 온화한 미소를 지으며 자랑스러운 아들을 바라보았다.

"괜찮단다."

"무엇이든 불편한 것이 있으시면 말씀해 주세요."

"그러마."

아들을 바라보는 손하린의 마음은 훈훈하기 그지없다.

혼인하고 나서 한 번도 가본 적이 없는 친정 식구들을 영웅문으로 데리고 와서 같이 살게 된다면 더 이상 소원이 없는 그녀였다.

복건성 병남현에서 손하린의 친정집은 농사를 짓고 있다.

손씨 집성촌이며 약 오십여 호에 삼백여 명의 손씨들이 모여서 살고 있는데 삼백여 명 전원이 다 혈족이다.

마을 이름은 손향촌(孫鄕村)이며 마을 입구에서 훈용강 수하들이 기다리고 있다가 진천룡 일행을 맞이했다.

훈용강은 진천룡을 두 손으로 공손히 받들듯이 가리키면서 수하들에게 명령했다.

"주군이시다. 예를 갖춰라."

진천룡은 마음이 급했으나 잠자코 있었다. 훈용강이 그의 수하이므로 훈용강이 맹주로 있는 삼절맹의 휘하고수 역시 진천룡의 수하인 것이다.

여기에서 진천룡이 그들의 인사를 거부하면 훈용강의 체면이 구겨지는 것이다.

두 명의 삼절맹 휘하고수는 땅에 무릎을 꿇고 이마를 바닥에 대고는 떨리는 목소리로 말했다.

"주군을 뵈옵니다."

진천룡은 담담하게 말하며 그들을 손수 일으켜 주었다.

"애썼다. 일어나라."

그들은 감격해서 어쩔 줄 몰랐다.

훈용강이 그들을 독려했다.

"어디냐? 앞장서라."

삼절맹 휘하고수 두 명은 재빨리 일어나 앞서 달려가고 진천룡 일행이 그 뒤를 따랐다.

* * *

그 집은 매우 북적거리고 있었다.

진천룡과 손하린, 그 뒤를 이어서 설옥군과 부옥령이 들어서자 마당에 서성거리고 있는 사람들이 놀라서 모두 쳐다보았다.

그 집의 사람들은 하나같이 허름한 농군의 옷차림인데 진천룡 일행은 산뜻하고 화려한 비단옷 차림이라서 한눈에 봐도 매우 높은 신분으로 보였다.

마당에 있는 사람들 중에서 체구가 큰 사내 한 명이 나서서 조심스럽게 두 손을 앞에 모으고 말했다.

"누구신지요……?"

그때 손하린이 사내 앞으로 나서면서 떨리는 목소리로 이름을 불렀다.

"원(元)아……."

"……!"

남루한 행색에 꾀죄죄한 모습이지만 본바탕은 매우 미남인 사내는 낯선 귀부인이 자신의 이름을 부르자 깜짝 놀라서 눈을 크게 떴다.

손하린은 이십오 년 전에 이별한 두 살 아래 남동생 손명원(孫明元)을 한눈에 알아보고 비틀거리며 다가갔다.

"원아, 나야. 둘째 누나……."

눈을 커다랗게 뜬 손명원은 가까이 다가온 손하린을 뚫어지게 주시하다가 이윽고 탄성을 터뜨렸다.

"아……! 린 누나……."

"그래… 날 알아보겠니?"

"아아… 린 누나가 돌아오다니……."

"원아……!"

손하린은 두 팔을 벌리고 눈물을 흘리면서 다가가 바로 아래 남동생인 손명원을 부둥켜안았다.

"린 누나……."

손명원은 손하린을 마주 안고 불신 어린 표정으로 그녀의 얼굴을 보고 또 보았다.

"린 누나가 돌아오다니… 정말 린 누나가 맞는 거야……?"

손하린은 오남매 중에 여자로는 둘째이고 전체로는 셋째다. 그녀 위로 언니와 장남인 큰오라버니가 있으며, 아래로 남동생과 여동생이 있다. 그러니까 이남삼녀인 것이다.

마당에 있는 젊은이들은 큰오라버니와 큰언니, 남동생 손명원의 자식들이다.

현재 집에는 큰언니 손찬희(孫璨熙)와 남동생 손명원, 그리고 부친 손정산(孫鄭山)이 있다.

자식들은 마당에 모여 서서 두려움과 신기함이 뒤섞인 표정을 지으며 낯선 사람들을 힐끔거리며 살펴보았다.

진천룡과 손하린, 설옥군, 부옥령은 집 안으로 들어갔으며, 밖의 마당에는 훈용강과 청랑, 은조, 영웅호위대주 옥소가 서 있었다. 집 대문 밖은 교자를 메고 온 네 명의 호위고수가 위풍당당하게 지키고 서 있다.

실내 침상 가에 앉아 있는 부친 손정산과 언니 손찬희는 바깥의 마당이 어수선하다는 것을 느꼈을 뿐이지 무슨 일이 벌어졌는지는 모르고 있었다.

둘째 누나 손하린의 이십사 년만의 귀가에 뛸 듯이 기뻐하는 손명원이 앞장서 실내로 들어서며 들뜬 목소리로 낮게 외치듯이 말했다.

"아버지! 큰누나! 누가 왔는지 보세요……!"

부친은 숙이고 있던 고개를 힘없이 들고 쳐다봤으며, 손찬희는 모친의 손을 잡고 있다가 뒤돌아보면서 손명원을 낮게 꾸짖었다.

"원아, 웬 소란이냐?"

손명원은 손찬희에게 다가가면서 자신을 뒤따라 들어오는 손하린을 가리키며 격동에 차서 대답했다.

"큰누나! 둘째 누나가 왔어요!"

"……!"

손찬희는 무슨 말인지 몰라서 의아한 표정을 지으며 뒤돌아보았다.

손하린은 이십오 년 만에 만나는 언니지만 한눈에 알아볼 수 있었다.

예상했던 것보다 훨씬 늙어버려서 어머니라고 불러도 될 것 같은 세 살 터울의 언니였다.

얼마나 고생을 많이 했으면 저렇게 늙어버린 것인지 가슴이 아렸다.

손하린은 언니 손찬희에게 다가가며 손을 내밀었다.

"언니, 나 린이야… 손하린."

"아……."

손찬희는 놀라서 눈을 휘둥그렇게 뜨고 일어나 손하린에게 다가왔다.

"네가 정말 내 동생 린이니……?"

"그래, 언니……."

손찬희는 손하린의 두 손을 잡고 비 오듯이 눈물을 흘리며 울었다.

"린아… 이게 얼마 만이니……?"

손하린은 손찬희를 안으면서 울음을 터뜨렸다.

"으흐흑……! 언니……! 보고 싶었어……!"

그때 부친 손정산이 웅얼거리며 손을 뻗었다.

"누구냐… 린이 온 게냐……?"

손명원이 부친을 보며 말했다.

"린 누나, 아버지는 귀가 거의 들리지 않으셔."

손하린은 홍수처럼 눈물을 흘리며 부친에게 다가갔다.

"아버지……! 저 린아예요……! 아버지 둘째 딸……!"

그렇지만 부친은 손하린의 말을 알아듣지 못했다. 다만 그녀의 얼굴이 매우 낯익은 탓에 눈을 껌뻑거리면서 쳐다보고 있을 뿐이다.

그때 진천룡이 외조부인 손정산에게 다가가자 언니 손찬희가 의아한 표정으로 그를 쳐다보았다.

"이분은 누구시냐?"

손찬희는 진천룡이 준수하고 당당하며 좋은 옷을 입고 있기에 고관대작이나 높은 신분이라고 짐작하여 매우 공손했다.

손하린이 진천룡을 가리키며 미소 지었다.

"내 아들이야, 언니."

"아……."

진천룡의 너무도 헌앙한 모습에 손찬희는 감탄하는 표정으로 바라보았다.

진천룡은 이모에게 인사는 나중에 하고 우선 외조부의 귀를 고쳐야겠다고 생각했다.

그는 두 손을 펴서 외조부의 양쪽 귀를 덮고 부드럽게 순정기를 주입했다.

"뭐 하는 것이지?"

손찬희가 의아한 표정으로 묻자 손하린은 빙그레 미소 지으며 그녀의 손을 잡았다.

"아버지를 치료하는 거야."

"무슨 치료를……."

손찬희는 어리둥절한 표정을 지었다.

사실 손하린은 원래 고생을 많이 해서 몹시 늙은 모습이었는데 진천룡이 순정기를 주입하여 주름진 피부를 팽팽하게 해주어서 젊은 모습을 되찾은 것이다.

스우우…….

바로 그때 손정산의 주름투성이 얼굴이 변하면서 팽팽하게 펴지자 손찬희는 물론이고 손하린마저 크게 놀랐다.

"아아……."

진천룡이 주입한 순정기는 외조부 손정산의 얼굴만이 아니라 온몸의 주름을 팽팽하게 만들었으며 체내의 장기와 내장의 기능도 중년으로 되돌려 놓았다.

손정산의 원래 나이는 칠십이 세이며 외모는 그보다 더 늙은 팔십 대로 보였는데 지금은 오십 대 초반의 잘생긴 중년 남자가 되었다.

그 모습은 손하린이 돈을 벌려고 항주로 집을 떠났을 때인 이십오 년 전 아버지의 모습 그대로였다.

"아아… 아버지……!"

손하린과 손찬희는 너무도 놀라고 기뻐서 눈물을 펑펑 흘리며 부친에게 다가들었다.

손정산은 둘째 딸 손하린을 단번에 알아보고는 우렁우렁한 목소리로 외쳤다.

"너, 린아 아니냐?"

"그래요, 아버지……!"

손정산은 크게 기뻐하며 손하린의 두 손을 잡았다.

"네가 돌아왔구나… 린아……."

손정산은 말소리가 예전처럼 잘 들릴 뿐만 아니라 부옇던 시야도 좋아졌다. 뿐만 아니라 거의 다 빠졌던 이도 전부 새로 났다.

부녀가 재회의 기쁨에 빠져 있을 때 진천룡은 외조모 선하련(善霞蓮)을 살피고 있었다.

선하련의 외모는 이미 죽은 시신이나 마찬가지였다. 뼈에 가죽만 입혀놓은 목내이(木乃伊:미이라) 같은 모습에 오래전부터 혼수상태에 빠져 있었다.

그녀가 무슨 병에 걸렸는지 진천룡이 알 필요는 없다. 순정기를 그녀의 체내에 골고루 주입하기만 하면 무슨 병이라도 완치될 것이기 때문이다.

손정산이 둘째 딸과 재회를 만끽하고 있을 때 이미 진천룡은 외조모 선하련의 치료를 끝냈다.

"아……."

선하련은 마치 깊은 잠에서 깨어나는 것처럼 눈을 뜨며 나직한 한숨을 토했다.

그녀는 자신을 물끄러미 굽어보며 미소를 짓고 있는 진천룡을 보고 의아한 표정을 지었다.

"누구시오?"

진천룡은 빙그레 미소 지으며 선하련을 일으켜 주었다.

"외할머니 손자입니다."

그때 선하련이 일어나서 앉은 모습을 발견한 손정산과 손하린, 손찬희는 기절초풍할 듯이 놀라 부르짖었다.

"아앗! 어머니!"

"여보!"

손하린과 손찬희는 아버지에 이어서 어머니마저 이십여 년 전의 모습으로 환원한 것을 보고 경악했다.

한바탕 태풍 같은 순간이 지나고 일행은 집에서 가장 큰 방에 모여 앉았다.

쌍방 간에 다들 아직도 꿈을 꾸고 있는 듯한 표정들이다.

아까 다녀간 의원의 말로는 선하련이 오늘을 넘기지 못하고 숨을 거둘 것이라고 했는데 버젓이 살아났다.

그것도 오십 대 초반의 팽팽한 모습이 되어 병이 말끔하게 나았고 백발이던 머리카락이 다시 검어졌으며 빠졌던 이마저 새로 다 나왔으니 기절초풍할 노릇이다.

의원은 또 손정산도 머지않아서 부인의 곁으로 갈 것이라고 진단했는데 그 역시 쌩쌩한 중년으로 돌아갔다.

* * *

"아버지, 어머니. 절 받으세요."

손하린이 나란히 앉은 오십 대 젊은 부모에게 날아갈 듯이 큰절을 올렸다.

그다음에 진천룡이 절을 올리자 설옥군과 부옥령도 좌우에서 같이 절을 올렸다.

손정산 부부는 진천룡이 손하린의 아들이라고 소개를 받았으나 그가 워낙 헌앙한 데다 천하절색의 두 여자마저 절을 올리자 좌불안석하며 어쩔 줄 몰랐다.

손하린이 부모에게 공손히 말했다.

"어머니, 아버지. 이제부터 저희와 같이 살아요."

손하린 부모는 잠시도 진천룡에게서 눈을 떼지 못하고 있다. 그가 자신들의 아픈 곳을 하나에서 열까지 죄다 치료했을 뿐만 아니라 삼십여 년이나 젊게 회춘시켜 주었으므로 신기하고도 고마웠기 때문이다.

손하린은 부모 옆에 앉아 있는 손찬희와 손명원에게도 미소 지으며 말했다.

"언니와 원아도 우리와 같이 살아."

손명원은 놀라며 물었다.

"둘째 누나는 어디에서 사는데?"

"항주야."

손명원은 손하린과 일행의 옷차림이 최고급인 것을 보았기에 그녀가 잘살고 있을 것이라고 짐작했으나 어느 정도인지는 알 수가 없었다.

"우리가 살 집이 있어?"

손하린이 어떠냐는 듯이 진천룡을 쳐다보자 부옥령이 영롱한 옥음으로 냉큼 대답했다.

"한 가족당 전각 한 채씩 내드릴 수 있어요."

"전각을……."

손명원과 손찬희는 눈을 휘둥그렇게 뜨며 놀랐다. 방이나 집을 내주는 것이 아니라 전각을 한 채씩 준다니까 놀랄 수밖에 없다.

"참고로 이 층 전각 한 채에 평균 방이 열 개에 주방과 거실,

휴게실, 창고와 전답, 배 두 척이 딸려 있어요."

부모와 손명원, 손찬희는 대경실색해서 입을 크게 벌리고 아무 말도 하지 못했다.

부모와 언니, 손명원은 방금 그 말이 정말이냐고 묻는 표정을 지으며 손하린을 쳐다보았다.

손하린은 처음에 영웅문에 와서 자신들이 살 전각을 보고 혼비백산 놀랐을 때를 회상하고는 배시시 미소 지으며 설명해주었다.

"장원 안에 강이 있고 여러 개의 호수와 수십 갈래의 운하가 있어서 배가 있으면 편하고 좋아."

"……."

그러나 가족들은 의문이 풀리기보다는 더욱 짙어지는 것을 느끼며 눈만 껌뻑거렸다.

다만 손하린은 진천룡 어깨에 손을 얹으며 이렇게 말해주는 것을 잊지 않았다.

"우리 천룡이가 항주에서 제일 부자예요."

그런데 부옥령이 정정을 해주었다.

"틀렸어요."

중인들이 자신을 쳐다보자 부옥령은 손바닥을 펴서 떠받치듯 진천룡을 가리켰다.

"아마 이분은 강남땅에서 제일 부자이실 거예요."

손하린은 배시시 웃었다.

"그렇다는군요."

부옥령은 풀잎이 서로 몸을 비비듯이 사근거리는 목소리로 다시 말했다.

"친지분들 중에서 같이 가고 싶은 분은 누구라도 데려가도 괜찮습니다."

"……."

가족들이 대경실색하는 것도 아랑곳하지 않고 부옥령은 생긋 미소 지었다.

"손향촌 오십여 가구 전체라도 상관없어요."

이번에는 손하린마저 크게 놀랐다.

진천룡은 빙그레 웃으면서 부옥령의 말에 힘을 실어주었다.

"그렇습니다. 같이 살고 싶은 친지분들은 어느 누구라도 모셔 가도록 하세요."

그렇게까지 말했으나 그의 말을 선뜻 믿으려고 하는 사람은 아무도 없었다.

한참이 지난 뒤, 가족들이 그 사실을 거의 믿게 되었을 때 손명원은 매우 조심스럽게 진천룡에게 물었다.

"저희… 부모님을 어떻게 한 겁니까?"

그는 진천룡이 조카인데도 너무 어렵게 생각했다. 굉장한 존재이기 때문이다.

진천룡은 온화하게 미소 지었다.

"편하게 말씀하십시오, 이숙(二叔)."

'이숙'이라는 호칭에 손명원은 황송한 표정을 지었다.

진천룡은 공손히 대답했다.

"할아버지과 할머니는 제가 치료하고 회춘시켜 드렸습니다. 두 분께선 백 살 이상 무병장수하실 겁니다."

손명원과 손찬희는 크게 놀랐으나 실제로 회춘한 부모의 모습을 보고는 믿지 않을 수가 없는 상황이다.

손명원과 손찬희는 너무 기뻐서 눈물을 흘렸다.

"이제 어머니 아버지는 백 살까지 무병장수하신답니다……!"

큰언니 손찬희는 너무 고생을 많이 한 탓에 사십육 세의 나이에도 육십 대로 보였다.

그럼에도 불구하고 그녀는 부모가 젊어지고 무병장수하며 백 살 이상 산다니까 너무 기뻐서 눈물을 흘렸다. 그러는 것은 손명원도 마찬가지다.

그것은 아무나 할 수 있는 행동이 아니다. 두 사람이 지극한 효자 효녀이기에 가능한 일이다.

손하린은 실내를 둘러보면서 의아한 표정으로 말했다.

"그런데 오라버니하고 정(晶)아가 보이지 않네?"

이 집안의 장남인 손담곤(孫潭坤)은 언니인 손찬희보다 두 살 많은 오십 세다.

그리고 손화정(孫華晶)은 사십일 세로 오남매 중 막내다.

손하린이 두 사람에 대해서 묻자 갑자기 손찬희와 손명원의 얼굴이 어두워지면서 침묵을 지켰다.

어머니 선하련은 몇 년 동안이나 병상에 누워 있었고 아버지 손정산은 심한 치매로 자식들조차 알아보지 못했었기에 무슨 일이 있었는지 알지 못했다.

손하린은 오라버니와 막내 여동생에게 무슨 일이 있다는 사실을 직감했다.

"무슨 일이 있었어? 원아, 네가 말해봐……!"

맑은 정신으로 돌아온 손정산과 선하련도 장남과 막내에게 무슨 일이 있었는지 몹시 궁금해했다.

손씨 일가는 대대로 농사를 주업으로 삼아서 살아왔다.

그런데 이번 대에 이르러 돌연변이가 생겼다. 손정산의 막내딸인 손화정이 무술을 배운 것이다.

손화정은 이십 세 때 우연히 병남현에서 무술을 하는 사람들을 보고는 한눈에 반해서 자신도 무술을 배워서 이름을 날리겠다는 포부를 품게 되었다.

그녀는 부모와 큰오라버니의 결사적인 반대에도 불구하고 급기야 가출을 해서까지 무도관에 입관하여 무술을 배우기 시작했다.

오 년 후에 손화정이 무사복에 검을 멘 멋들어진 무사의 모습으로 손향촌 집에 나타나자 가족들은 어쩔 수 없이 그녀를 인정할 수밖에 없었다.

그런데 거기에서 또 일이 벌어졌다. 장남 손담곤의 큰아들인 손태근(孫太根)이 막내 고모 손화정의 멋진 모습에 반해 버리고 만 것이다.

반해 버리는 것으로 끝나면 좋았을 텐데 손화정이 휴가를 끝내고 병남현으로 돌아갈 때 손태근이 막내 고모를 따라가 버리고 만 것이다.

손담곤은 아들의 멱살을 잡아서라도 집으로 끌고 오려고 했으나 농사꾼 집안에서 무사가 한두 명 배출되는 것도 그다지 나쁜 일이 아니라는 부모와 형제들의 설득에 결국 허락하고 말았다.

손화정은 무도관에서 오 년 동안 불철주야 무술을 연마한 이후에 병남현 소재의 어느 방파에 정식 무사로 취직이 되어 다니고 있었다.

그래서 손화정은 조카 손태근을 자신의 집에서 살게 하여 무도관에 다니게 해주었다.

그렇게 몇 년이라는 세월이 흘러서 손태근은 무도관을 수료했으며 손화정의 소개로 같은 방파의 같은 부서에서 근무할 수 있게 되었다.

손화정은 방파에 몸담은 지 십육 년째이며 현재 지위는 총관이고 손태근은 육 년째로 향주의 지위를 맡고 있다.

두 달 전 그 사건이 벌어지기 전까지만 해도 손화정과 손태근은 집안의 자랑이었다.

집안사람들은 처음에 손화정과 손태근이 무술을 배우는 것을 그토록 반대했으나 두 사람이 병남현에서 이름만 대면 알아주는 번듯한 방파에 들어가 건실하게 다니고 있으니까 오히려 잘했다고 박수를 쳐주게 되었다.

그런데 두 달여 전에 그 사건이 벌어지고 말았다.

사십일 세인 손화정은 미모가 뛰어나고 매우 동안이어서 조금 과장해서 이십 대로 보일 정도다.

그날은 녹봉을 받는 급료일이었는데, 손화정과 손태근은 퇴근 후에 현 내의 주루에서 식사 겸 술을 마시고 있었다.

그런데 근처 자리에서 술을 마시고 있던 남자 세 명이 손화정에게 집적거린 것이다.

처음에 손화정과 손태근은 참았으나 점점 도가 지나치자 화가 난 손태근이 호통을 치며 나섰다.

왈짜패 세 명도 도검을 메고 있는 무사였으며 손태근의 도발에 그들은 잘됐다는 듯 일제히 도검을 뽑으면서 공격을 퍼부었다.

사실 그들은 병남현 내 제일방파인 질풍보(疾風堡) 사람들이었는데 그날 많이 취한 상태였다.

그들 세 명이 한꺼번에 공격해 왔으나 손태근 한 명하고 팽팽할 정도로 그들은 많이 취해 있었다.

잠시 후에 손태근이 위기에 처하자 손화정이 가세했으며 결국 질풍보의 세 명을 모조리 때려눕혔다.

질풍보의 세 명은 도검을 휘두르면서 공격했으나 손화정과 손태근은 맨주먹으로 그들을 때려눕혔다.

그게 화근이었다. 질풍보는 병남현을 쥐락펴락하는 제일방파인 데다 그날 치근거리다가 두들겨 맞은 세 명 중의 한 명이 질풍보주의 아들이었던 것이다.

그 다음 날 손화정과 손태근이 근무하고 있는 방파에 질풍보 무사들이 들이닥쳐서 불문곡직 두 사람을 합공하여 제압하고는 질풍보로 끌고 갔다.

질풍보에 끌려간 손화정과 손태근이 전날 자신들이 세 명과 싸워서 그들을 때려눕힌 것은 정당방위였다고 아무리 설명을 해도 누구도 그 말을 들으려고 하지 않았다.

질풍보에서는 손화정과 손태근이 누군가의 명령을 받고 질풍보주의 아들인 안병도(安炳道)를 죽이려고 했다는 누명을 씌웠다.

안병도와 친구 두 명은 자신들이 먼저 손화정에게 치근거린 적이 없으며 손화정과 손태근이 한순간 느닷없이 급습을 가했었다고 거짓말을 했다.

질풍보 내의 회명당(灰冥堂)은 손화정과 손태근을 중죄인으로 낙인찍어 연일 지독한 고문을 가했다.

그들에게 안병도를 죽이라고 명령한 사람이 누구냐는 것을 알아내려는 것이다.

질풍보에서도 소보주인 안병도가 거짓말을 했다는 사실을 잘 알고 있다.

안병도가 지독한 호색한이며 병남현은 물론이고 여기저기

돌아다니면서 수많은 여자들을 농락하고 다닌다는 사실은 너무도 유명한 일이었으니까.

긴 설명을 끝낸 손명원이 착잡한 표정으로 말했다.

"형님 부부는 매일 날이 새기도 전에 질풍보에 가서 아들과 여동생을 용서해 달라면서 빌고 있어."

그는 고개를 절레절레 가로저었다.

"그렇지만 질풍보는 그들을 용서하기는커녕 만나게 해주지도 않아."

그런 사실을 까맣게 모르고 있던 손정산 부부는 눈물을 펑펑 흘리면서 슬퍼했다.

진천룡이 이런 일을 해결하는 것은 땅 짚고 헤엄치는 것보다 쉬운 일이다.

그는 전음으로 훈용강을 불렀다.

[용강, 들어와라.]

그랬다가 생각을 바꾸고 몸을 일으켰다.

[아니다. 내가 직접 가야겠다.]

막내 이모와 사촌 형 얘기를 듣는 동안 화가 많이 났었기에 도대체 어떤 인간들이 그런 허무맹랑한 짓을 하는지 직접 보려는 것이다.

손향촌은 병남현 외곽에 위치해 있기에 병남현 내 중심부에 있는 질풍보까지는 걸어서 이 각 정도의 거리다.

진천룡이 질풍보에 직접 간다니까 손명원을 비롯한 사촌 몇 명이 따라왔다.

예상했던 대로 질풍보 전문 앞에는 장남 손담곤 부부가 서 있었다.

아니, 전문 근처에는 얼씬도 하지 못하고 대로 맞은편에서 전문 안쪽을 기웃거리고 있을 뿐이다.

행여 아들과 막냇동생의 모습을 우연히 볼 수도 있지 않을까 하는 바람에서다.

두 달여 동안 하루도 빠짐없이 질풍보로 달려온 손담곤 부부는 초췌하기 짝이 없는 몰골이다.

손담곤은 조금 전에 전문을 지키는 호문무사에게 아들을 한 번만 만나게 해달라는 부탁을 했다가 뺨을 한 대 얻어맞고는 코와 입에서 피를 흘리며 물러났었다.

第百四十一章

평정

진천룡은 외가 식구들과 같이 오느라 질풍보까지 다들 모여서 천천히 걸어왔다.

손정산과 선하련 부부는 질풍보 맞은편 어느 주루 앞에 쪼그리고 앉아 있는 큰아들 내외를 발견하고 가슴이 찢어지는 것만 같았다.

선하련이 울면서 그들 부부에게 달려갔다.

"근이 아범아!"

초췌한 모습의 손담곤 부부는 자신들을 향해 뛰어오는 한 중년 여인을 발견하고 어리둥절한 표정을 지었다.

생전 처음 보는 중년 여인이 마치 집에 앓아 누워계시는 어머니처럼 손담곤을 부르며 울면서 달려오는 모습이 매우 이상스러웠다.

"아이고~! 어멈아~! 아범아~!"

중년 여인은 가까이 다가와서 손담곤 부부를 얼싸안고 울음을 터뜨렸다.

손담곤 부부가 봤을 때 중년 여인은 그다지 낯설지 않았고 목소리도 매우 귀에 익었다.

그렇지만 그녀가 오랫동안 집에 누워 있는 어머니라고는 생각하지 못했다.

"아범아……!"

그런데 그때 웬 중년 남자가 다가오고 그 뒤에 손찬희와 손명원, 그리고 가족들이 우르르 다가오는 것을 발견한 손담곤 부부는 어리둥절한 표정을 지었다.

"이게 대체 무슨……."

진천룡은 외가 친지들을 질풍보 맞은편 주루에서 기다리도록 하고 손명원만 데리고 전문으로 걸어갔다.

질풍보 전문은 네 명의 호문무사가 지키고 있는데 그들은 전문을 향해 당당하게 걸어오는 진천룡 일행을 보고 바짝 긴장하는 모습을 보였다.

선두에는 옥소와 네 명의 영웅호위대 고수들이, 그 뒤에 진천룡과 손명원, 좌우에 설옥군, 부옥령, 그리고 뒤에 청랑과 은

조, 훈용강이 따랐다.

옥소와 영웅호위대 네 명의 고수만 검을 메고 있을 뿐 다른 사람들은 무기를 지니고 있지 않았다.

여기에 있는 사람들은 하나같이 공력으로 무형검을 만들어 낼 수 있는 절정고수 이상의 수준이다.

그렇지만 검법만을 주된 무기로 삼는 진정한 검수는 무형검보다는 진검을 좋아하는 법이다.

더구나 이번에 자발적으로 따라나선 영웅호위대 부대주 정무웅과 위융은 일전에 진천룡에게 천하오대명검인 파천검과 동명검을 하사받았으므로 잠을 잘 때에도 분신처럼 검을 지니고 있었다.

한눈에도 비범하게 보이는 옥소와 영웅호위대 고수들이 점점 가까이 다가오자 질풍보 전문의 호문무사들은 극도로 긴장하여 주춤거리면서 물러났다.

이윽고 그들이 전문 앞에 이르자 호문무사 중 우두머리가 제 딴에는 크게 용기를 내서 더듬거리며 외쳤다.

"다… 당신들은 누구요?"

정무웅이 말없이 그냥 슥 쳐다보자 우두머리는 혓바닥이 목구멍으로 말려 들어가는 소리를 냈다.

"허억!"

진천룡 일행이 질풍보 안으로 다 들어갈 때까지 호문무사들은 아무도 제지하지 않았다. 아니, 못 했다.

그 광경을 외가의 친척들은 주루의 이 층 창을 통해 지켜보면서 크게 놀라고 있었다.

"용강."

진천룡이 걸어가면서 부르자 훈용강이 재빨리 그의 옆으로 달려왔다.

"이 방파를 알고 있나?"

"잘 압니다."

삼절맹 관할에 있는 질풍보를 훈용강이 모를 리가 없다.

"음, 설명해 보게."

진천룡 일행이 마당을 가로질러 걸어 들어가자 몇 군데에서 무사들이 우르르 쏟아져 나왔다.

진천룡은 훈용강의 설명을 들으면서 고개를 끄떡일 뿐 주위에는 신경을 쓰지 않았다.

손명원은 잔뜩 겁을 먹고 또 긴장한 표정으로 진천룡 옆에 딱 붙어서 걸었다.

"멈춰라!"

그때 전면에서 우렁찬 호통이 터졌다.

그렇지만 옥소와 네 명의 호위고수들은 듣지 못한 듯 계속 걸어갔다.

쏟아져 나온 무사의 수는 약 오십여 명이며 계속 더 몰려나오고 있는 중이다.

차차차창!

진천룡 일행을 포위한 무사들이 어지럽게 도검을 뽑으며 기합을 터뜨렸다.

그런데도 옥소와 정무웅, 위융 등은 검을 뽑지 않고 규칙적인 걸음으로 전면의 전각으로 걸어갔다.

그들의 앞을 겹겹이 가로막고 있는 이십여 명의 무사들은 옥소 등이 다가옴에 따라 주춤거리며 뒷걸음질 쳤다.

그들은 기껏해야 이삼류 무사들이고 가장 고강하다고 해봐야 공력 사오십 년의 일류고수가 우두머리 노릇을 하고 있을 정도다.

질풍보 수하들의 주춤거리는 행동은 이미 패색이 짙은 것이다. 그들은 자신들이 싸움을 하더라도 패할 것이라고 본능적으로 느끼고 있는 것이다.

그때 훈용강이 앞으로 나서서 나직하면서도 웅혼한 목소리로 입을 열었다.

"안성탁(安成卓)을 불러와라!"

질풍보주 질풍흑도(疾風黑刀)의 이름이 안성탁이다.

옥소와 정무웅, 위융 등이 전각 앞 돌계단 아래에 이르자 앞을 막아선 무사들이 이제 더 이상은 물러나지 않고 공격하겠다는 듯 도검을 내밀며 다부진 표정을 지었다.

그러자 옥소 좌우에 있는 두 명의 호위고수 중 한 명이 선뜻 앞으로 나서며 두 팔을 뻗었다.

스슷…….

두 명의 호위고수는 정무웅과 위융의 수하인데 지금 앞으로 나선 사람은 위융의 수하이며 이름은 편무강(片武剛)이라고 한다.

편무강이 태연하게 두 손을 휘젓자 여러 줄기 경풍이 빛처럼 발출됐다.

쐐애액!

퍼퍼퍼퍼퍽!

"흐악!"

"커흑!"

그의 단 일초식에 전면과 좌우에 있는 무사 삼십여 명이 경풍에 적중되어 가랑잎처럼 허공으로 날아갔다.

영웅호위대 고수들은 하나같이 진천룡에 의해서 임독양맥이 소통되고 벌모세수와 환골탈태를 했으므로 평균 공력이 삼백 년 수준이다.

그러므로 평균 공력 삼사십 년에 불과한 질풍보 수하들은 그냥 오합지졸일 뿐이다.

쿠쿠쿵!

가랑잎처럼 날아간 질풍보 수하들은 전각에 부딪치기도 했지만 대부분 바닥에 볼썽사납게 나뒹굴었다.

무사들은 그 광경을 보고 한꺼번에 모두 질려 버렸다.

멀리에 있거나 뒤쪽에 있는 무사들은 도대체 앞쪽에서 무슨 일이 벌어졌는지조차 모르고 있었다.

무사들이 뒤로 물러나자 자동적으로 길이 트였고 진천룡은 느긋하게 돌계단을 올라갔다.

진천룡과 손명원, 설옥군, 부옥령, 훈용강이 돌계단 위에 올라가 늘어섰으며 돌계단 아래에 옥소와 정무웅, 위융, 편무강, 그리고 정무웅의 수하인 선무건(宣武建)이 장승처럼 당당하게 서 있다.

선무건은 예전 복건성 신해문의 문주였다가 영웅문 충혈당 휘하 신해향으로 편입됐었다.

신해향주 지위를 맡고 있던 선무건은 정무웅에 의해서 영웅호위대에 발탁되었던 것이다.

돌계단 아래 멀찌감치 질풍보 수하들이 몰려 있지만 감히 돌계단에 접근할 엄두를 내지 못하고 있다.

그때 저만치 전각 모퉁이에서 몇 명의 모습이 나타났다.

그들은 이쪽으로 달려오다가 돌계단 위에 서 있는 훈용강을 발견하고 안색이 새하얗게 탈색되었다.

'사… 삼절사존……!'

훈용강이 삼절맹 맹주 삼절사존이라는 것을 한눈에 알아본 인물은 질풍보주 질풍흑도 안성탁이고 양쪽의 두 명은 총당주와 책사다.

복건성은 크게 세 개의 방파가 삼분(三分)하고 있는데 취봉문(翠鳳門)과 삼절맹, 그리고 유마부(幽魔府)다.

취봉문은 정파이며 삼절맹은 사파였다가 영웅문에 귀속됐고, 유마부는 이름 그대로 마도(魔道)이다.

복건성 남부지역은 취봉문이, 북부지역은 삼절맹이 장악하고 있는데 약간의 편차는 있다.

그리고 유마부는 어떤 지역을 장악하거나 하지 않고 상납금만을 챙기고 있다.

유마부는 복건성에 존재하는 모든 방파들로부터 상납금을 걷는데 단 두 곳 취봉문과 삼절맹은 예외다.

그것은 유마부가 삼절맹과 취봉문 영역 안에 있는 방파와 문파들에게서 상납금을 거둔다는 뜻이며, 취봉문과 삼절맹은 그것을 묵인하고 있다.

그러는 데에는 복잡한 이유가 있으며 취봉문과 삼절맹 둘 다 좋은 게 좋은 거라고 내버려 두고 있는 실정이다.

어쨌든 훈용강을 알아본 안성탁과 총당주, 책사는 안색이 하얗게 질리고 후들거리는 다리로 급히 달려왔다.

복건성에는 여든일곱 개의 현이 있는데 이곳 병남현의 규모는 중(中)에 속하며, 병남현 내에는 도합 열여덟 개의 방파와 문파가 있다.

질풍보는 병남현에서 상위에 있는 방파로써 하나의 문파를 제외한 열여섯 개 방파들을 장악하고 있다.

안성탁은 가까이 다가와서 눈을 비비고 껌뻑거리면서 정말 훈용강이 맞는지 재차 확인했다.

훈용강이 이런 시골에 갑자기 나타날 리가 없다고 생각하기 때문이다.

그렇지만 몇 번을 다시 봐도 악독하고 잔인하기 짝이 없는 삼절사존이 분명하다.

안성탁과 총당주, 책사는 훈용강 앞에 몸을 내던지듯이 부복하며 부르짖었다.

"맹주 각하! 몰라뵙고 대죄를 저질렀습니다! 부디 노여움을 푸시고 용서하십시오!"

돌계단 아래에 운집해 있는 질풍보 수하들은 난데없는 상황에 경악했다.

안성탁은 자신이 얼마나 처절하게 용서를 빌고 있는지 보여주려는 듯 이마를 돌바닥에 사정없이 쿵쿵 찧었다.

"소인이 무슨 짓이라도 하겠습니다! 제발 용서하십시오!"

훈용강의 잔잔한 목소리가 안성탁 뒤통수로 흘러내렸다.

"고개 들어라."

안성탁은 이마가 찢어져서 피투성이가 된 모습으로 고개를 들고 훈용강을 우러러보았다.

"하명하십시오… 각하……!"

그의 모습은 끔찍하기 짝이 없지만 돌바닥에 살짝살짝 찧어서 살갗만 찢어졌다는 사실을 훈용강 등은 다 알고 있다.

훈용강은 조용한 목소리로 말했다.

"네놈의 아들을 불러와라."

"네? 무슨 말씀이신지……."

훈용강은 발끝으로 안성탁의 가슴을 슬쩍 걷어찼다.

퍽!

"흐악!"

공력이 전혀 실리지 않은 발길질인데도 불구하고 안성탁은 가슴이 쪼개지는 처절한 고통을 느끼면서 허공으로 훌훌 멀리 날아갔다.

진천룡 옆에 서 있는 손명원은 이곳 병남현의 최고위직 관리인 현감보다 더한 위세를 떨치고 있는 안성탁이 마치 한 마리 벌레처럼 날아가는 광경을 눈을 휘둥그렇게 뜨고 쳐다보았다.

떵! 쿠다닥……!

"크으윽……!"

안성탁은 오륙 장이나 날아갔다가 땅에 떨어져서도 여러 번 뚱기면서 굴러갔다.

그러나 그는 벌떡 일어나자마자 화살처럼 날아와서 다시 훈용강 앞에 무릎을 꿇었다.

"각하! 소인의 아들을 불러오라고 말씀하셨습니까?"

훈용강이 얼마나 잔인한지 너무도 잘 알기 때문이다. 만약 그의 기분이 틀어지기라도 한다면 질풍보 따윈 지금 당장 괴멸할 것이다.

훈용강은 발을 쿵 굴렀다.

"그렇다. 네놈 아들을 당장 불러와라."

안성탁의 아들 안병도는 매일 어울리는 파락호들과 대낮부터 술을 퍼마시고 있다가 질풍보로 불려왔다.

안병도 혼자만이 아니라 그와 늘 붙어 다니는 두 명의 파락호들도 같이 진천룡 앞에 무릎이 꿇렸다.

진천룡 등은 질풍보 수하들이 안병도를 찾아오는 한 시진 동안 돌계단 위에 우뚝 선 채 꼼짝도 하지 않았었다.

안병도와 두 명은 술이 꽤나 취한 상태라서 몸을 제대로 가누지 못하고 흔들거렸다.

안성탁은 아들의 그런 모습을 보고 초조해서 어쩔 줄 모르고 발만 동동 굴렀다.

안병도는 부친에 의해서 강제로 무릎이 꿇렸지만 지금 상황을 이해하지 못한 채 진천룡 등을 가리키며 혀 꼬부라진 소리를 했다.

"아… 아버지… 이치들은 누굽니까……?"

"이… 이놈! 닥치지 못할까?"

안성탁은 부들부들 떨면서 낮게 고함쳤다.

안병도만이 아니라 그의 두 친구도 술에 취해서 비틀거리며 횡설수설했다.

그때 훈용강이 안병도에게 손바닥을 펴서 가리켰다가 무언가를 끌어당기는 손짓을 했다.

스우우……

*　　　　*　　　　*

안병도와 두 친구의 몸에서 희뿌연 기체가 치익! 하고 위로 뿜어졌다.

그들의 체내에서 취기가 뽑혀서 허공에 뿌려진 것이다.

세 명은 순식간에 술이 확 깼다. 믿어지지 않는 일이지만 사실이다.

장내에서 그 사실을 짐작하는 사람은 진천룡 일행과 안성탁, 총당주, 책사 정도에 불과했다.

술이 확 깬 안병도와 두 친구는 놀라면서도 어리둥절한 얼굴로 두리번거렸다.

"어… 어……"

훈용강은 안병도 옆에 꿇어앉은 안성탁에게 준엄한 목소리로 말했다.

"지금부터 묻는 말에 네 아들이 거짓말을 하면 너의 사지를 하나씩 자르겠다."

"으으… 각하……"

안성탁은 공포에 질려서 몸을 부들부들 떨었다.

술이 깬 안병도는 자신과 부친이 어째서 여기에 무릎을 꿇고 있는 것인지, 자신들 앞에 당당하게 서서 협박을 하고 있는 인물들은 누군지 몹시 궁금했다.

그렇지만 발작을 일으키거나 섣부른 행동을 하지는 않았다. 부친의 모습을 보면서도 그러고 싶은 생각이 든다면 미친놈일 것이다.

훈용강이 다시 말했다.

"안성탁, 네 아들에게 어째서 사실만을 말해야 하는지 설명할 수 있는 기회를 주겠다."

안병도가 지금 가장 필요한 것이 바로 그거였다.

안성탁은 절박한 표정으로 아들에게 말했다.

"도야, 아비 말 잘 들어라."

"네… 아버지……."

"이분은 삼절맹의 삼절사존 각하이시다."

"……!"

훈용강을 쳐다보는 안병도와 그 친구들 얼굴이 서서히 사색으로 변했다.

안성탁은 아들의 두 손을 잡고 간곡하게 부탁했다.

"각하께서 무엇을 하문하실지 모르지만 제발 사실대로 말해야 한다. 알겠느냐?"

"네……."

안성탁은 아들의 어벙한 표정에 마음이 놓이지 않았다. 여차하면 자신의 사지가 하나씩 절단될 판국이다.

상대가 복건성의 악마 삼절사존이라면 절대로 허튼소리를

하지 않을 위인이다.

안성탁이 사느냐 죽느냐는 순전히 아들의 세 치 혓바닥에 달려 있다.

이날까지 갖은 속을 다 썩인 아들이지만 아비의 생사를 좌지우지한 적은 없었다.

"너……."

"네!"

훈용강이 입을 열자 안성탁과 안병도는 극도로 긴장해서 동시에 대답했다.

훈용강은 조용한 목소리로 말했다.

"손화정과 손태근을 아느냐?"

안성탁은 심장이 가슴을 뚫고 나올 것 같은 표정으로 아들을 쳐다보았다.

안병도는 비지땀을 흘리면서 눈을 껌뻑거리다가 쥐어짜듯이 겨우 말했다.

"모… 릅니다. 누굽니까?"

안성탁의 얼굴이 새하얗게 질렸다.

"도야……."

바로 그때 옥소와 정무웅이 두 사람을 안고 천천히 돌계단을 올라왔다.

옥소와 정무웅이 두 팔로 안고 있는 두 사람은 온몸이 피투성이라서 누군지 알아볼 수가 없다.

그러나 진천룡 쪽 사람들은 피투성이의 두 사람이 뇌옥에 갇혀 있던 손화정과 손태근이라는 사실을 간파했다.

진천룡이 전음으로 손화정과 손태근을 데려오라고 옥소에게 명령했기 때문이다.

옥소와 정무웅은 피투성이 두 사람을 진천룡과 손명원 발 앞에 조심스럽게 눕혔다.

옥소가 진천룡에게 공손히 말했다.

"혈도가 제압됐는데 제가 해혈했어요."

"잘했다."

손명원은 피투성이 두 명이 누군지 아직 모르지만 짐작하기로 어쩌면 그들이 손화정과 손태근일지 모른다는 생각이 들어 뚫어지게 주시했다.

진천룡은 손화정과 손태근 앞에 한쪽 무릎을 끓고 앉아서 두 손바닥을 그들의 가슴 한가운데 얹고 지그시 누르며 순정기를 주입했다.

손화정과 손태근은 얼마나 극심한 고문을 당했는지 혼절한 상태다.

안병도와 두 명의 친구는 피투성이 두 명을 보는 순간 크게 놀랐다가 몸을 부들부들 떨기 시작했다.

복건성의 악마 삼절사존이 그들 때문에 질풍보에 왕림했을 것이라고 짐작한 것이다.

훈용강은 사색이 된 안병도를 굽어보며 말했다.

"이들이 누군지 모르느냐?"

"으으……."

"네 아비의 팔을 자를까?"

"아… 압니다."

안병도는 급히 대답했다.

"이들이 어째서 이런 몰골이 됐느냐?"

안병도는 두 손으로 바닥을 짚고 이마를 돌바닥에 모질게 쿵! 찍었다.

"죽을죄를 졌습니다! 용서하십시오……!"

"이들이 어째서 이런 몰골이 됐느냐고 물었다."

"으으……."

"나는 참을성이 많지 않은 편이다."

삼절사존의 잔인함에 대해서 설명하는 것만큼 부질없는 일은 없을 정도다.

예전의 삼절사존이었다면 이미 안성탁의 팔다리를 다 잘랐을 것이다.

그러나 진천룡을 만난 이후에 훈용강은 많이 차분해지고 이성적인 성격으로 탈바꿈했다.

지금도 그는 안병도가 더듬거린다고 해서 아비의 사지를 자르고 싶은 마음이 없다.

다만 안병도의 입에서 진실이 흘러나오기를 기대하고 있을 뿐이다.

안병도는 콧물과 함께 눈물을 펑펑 흘리면서 고백했다.

"주루에서 친구들과 술을 마시다가 취한 상태에서 제가 옆자리의 저 여자분에게 추근거렸습니다… 저희가 먼저 도검을 뽑아 들며 싸움을 걸었는데… 저분들이 맨주먹으로 우리를 때려눕혔습니다……."

안성탁은 머리꼭지가 돌아버릴 것 같은 표정으로 아들을 쳐다보았다.

"너……."

안성탁은 저기 피투성이가 되어 누워 있는 두 사람이 질풍보 뇌옥에 갇혀 있었다는 사실조차도 모르고 있었다.

훈용강은 더 들으실 말이 있냐는 듯 공손한 자세로 진천룡을 쳐다보았다.

진천룡이 고개를 끄떡이자 훈용강이 조심스럽게 물었다.

"질풍보를 멸문시킬까요?"

안성탁과 안병도는 물론 그 말을 들은 모든 사람들이 절망에 가득 찬 표정을 지었다.

안병도의 파렴치한 행동 때문에 병남현 제일방파인 질풍보가 멸문을 당할 위기에 처한 것이다.

그때 부옥령이 뒷짐을 지고 안성탁에게 말했다.

"너, 누구에게 칭신하느냐?"

안성탁은 귀때기 새파란 십칠팔 세 소녀가 오만방자하게 묻는데도 조금도 기분이 나쁘지 않았다.

삼절사존이 진천룡에게 매우 공손하고 부옥령이 그 일행인 것으로 미루어 그녀가 누구일지 이미 짐작했기 때문이다.

삼절사존이 삼절맹을 이끌고 항주의 절대자 영웅문주 전광신수의 수하가 됐다는 사실은 너무도 잘 알려져 있다.

그래서 안성탁은 진천룡이 영웅문주인 전광신수이고 그 옆에 있는 두 명의 절세미인이 철옥신수와 무정신수일 것이라고 추측한 것이다.

안성탁은 부옥령에게 공손히 말했다.

"본보는 어느 누구에게도 칭신하지 않지만 취봉문에게 상납하고 있습니다."

부옥령은 그까짓 것은 문제가 될 게 없다는 듯한 표정으로 말했다.

"우리 휘하가 되겠느냐?"

"그것은……."

그때 손화정과 손태근이 깨어났다.

"아아……."

그 바람에 부옥령과 안성탁의 대화가 잠시 끊어졌다.

진천룡이 일어서며 손명원에게 말했다.

"이숙, 확인해 보십시오."

손명원은 급히 손화정과 손태근 앞에 쪼그리고 앉았다.

"정아, 근아냐?"

손화정과 손태근은 일어나 앉다가 손명원을 발견하고 깜짝 놀랐다.

"오라버니……."

"이숙……!"

손명원은 두 사람을 와락 끌어안았다.

"고생했다……."

그는 목이 메어서 말을 잇지 못했다.

설옥군은 손화정과 손태근을 세수만이라도 시켜야겠다고 생각하고 안성탁에게 말했다.

"수하에게 세수간에 안내하라고 일러라."

"아… 네. 네."

안성탁은 머리를 굽실거리면서 옆의 총당주에게 얼른 손짓을 했다.

무릎 꿇고 있던 총당주가 서둘러 일어났다.

"따라오십시오."

위융의 수하인 편무강이 나서더니 손화정과 손태근에게 공손히 말했다.

"제가 모시겠습니다."

손화정과 손태근은 지금 벌어지고 있는 상황 때문에 정신이 하나도 없었다.

눈앞에서 자신들을 이 지경으로 만든 안병도와 그의 부친이며 질풍보주인 안성탁이 무릎을 꿇은 채 전전긍긍하고 있었다.

그리고 그들 앞에는 생전 처음 보는 준수한 청년과 절세미인들이 우뚝 서 있는데 손화정과 손태근에게 매우 호의적인 것 같았다.

손명원이 손화정과 손태근을 이끌었다.

"어서 씻고 오자."

손화정과 손태근은 그래도 되는 것인지 머뭇거리면서 손명원과 함께 총당주를 뒤따랐고 그 뒤를 편무강이 호위하면서 따랐다.

부옥령은 눈으로 그들을 좇다가 다시 안성탁을 쳐다보며 아까 하던 말을 계속했다.

"대답해라. 우리 휘하가 되겠느냐?"

안성탁은 영웅문이 절강성과 강서성 남창을 장악했다는 소문만 들었던 것이 아니다.

영웅문 휘하로 들어갔거나 영웅문의 지부나 분타가 된 절강성과 남창의 문파와 방파들이 예전에 비해서 훨씬 막강해지고 또 자금이 왕왕 돌아서 무척 윤택해졌다는 소문을 귀가 따갑게 들었다.

천하의 어느 문파나 방파가 거의 다 그런 것처럼 질풍보도 자금난에 허덕이고 있다.

그런데도 매월 취봉문에 꽤 많은 금액의 상납금을 바쳐야 하는데 그걸 고리대금을 빌려서 메꾸고 있는 실정이다.

만약 영웅문의 휘하가 되기만 하면 질풍보는 한순간에 팔자가 펴지는 것이다.

조금 전에 삼절사존은 영웅문주라고 짐작되는 인물에게 질풍보를 멸문시킬 것이냐고 물었다.

그러자 영웅문 좌호법이며 무정신수라고 짐작되는 소녀가 안성탁에게 영웅문의 휘하가 되겠느냐고 물었다.

이것은 말 그대로 멸문을 당하느냐 아니면 영웅문의 휘하로 들어가느냐는 아주 단순하고 명백한 일이었다.

영웅문의 휘하로 들어가지 않으면 삼절사존이 질풍보를 멸문시키려고 들지도 모르는 일이다.

안성탁은 마른침을 삼키고 나서 배에 잔뜩 힘을 주고는 용기를 내서 조심스럽게 물었다.

"저… 본보가 영웅문으로 이전을 하는 것입니까? 아니면 지부가 됩니까?"

부옥령은 훈용강에게 물었다.

"용강, 질풍보가 지부 자격이 있느냐?"

사람들은 삼절사존에게 거침없이 하대를 하는 천하절색 소녀가 누구인지 몹시 궁금했다.

그때 손화정과 손태근, 손명원이 돌아오고 편무강이 제자리로 돌아갔다.

손화정과 손태근은 세수만 하고 난 이후에 자신들의 몸을 살펴보다가 아프거나 다친 곳이 한 군데도 없다는 사실을 알게 되었다.

손화정과 손태근은 세수를 하러 다녀오면서 손명원에게 지금 상황에 대해서 아주 굵직굵직한 설명만 들었다. 자세한 설명을 해줄 시간이 없기 때문이었다.

훈용강은 부옥령의 물음에 추호의 망설임도 없이 즉시 공손히 대답했다.

"조금 미흡하지만 병남현에서는 질풍보가 제일방파라서 지부 역할은 가능할 겁니다."

부옥령이 안성탁에게 물었다.

"지부를 하겠느냐?"

안성탁은 고개를 크게 끄떡였다.

"하겠습니다……!"

이어서 그는 조심스럽게 말했다.

"하지만 취봉문이 가만히 있지 않을 겁니다."

부옥령은 대답을 바라듯 진천룡을 쳐다보았다.

진천룡은 안성탁에게 물었다.

"취봉문은 어디에 있느냐?"

안성탁은 더없이 공손히 대답했다.

"복주(福州)에 있습니다."

진천룡의 심중을 헤아린 훈용강이 덧붙였다.

"복주는 여기에서 백오십여 리입니다."

진천룡은 고개를 끄떡였다.

"알았다. 취봉문은 우리가 처리하겠다."

그때 정무웅의 수하 선무건이 안성탁을 보며 냉랭한 목소리로 중얼거렸다.

"안성탁, 하늘 높은 줄 모르는구나. 감히 주군께 홍정을 하려 들다니……."

안성탁은 선무건을 쳐다보다가 그가 누군지 깨닫고는 움찔 놀라는 표정을 지었다.

"신해문주, 당신이……."

이곳 병남현에서 오십여 리 떨어진 정화현(政和縣)에 있었던 거파 신해문(新海門)은 복건성 북부지역 전역을 지배하는 대방파였었다.

*　　　*　　　*

선무건을 바라보는 안성탁의 얼굴색이 노래졌다.

다시 봐도 신해문주 선무건이 분명했다.

만약 검황천문에게 멸문당하지 않았다면 신해문이 여전히 복건성 북부지역을 지배하고 있을 테고, 질풍보는 신해문의 지배 아래 있을 것이며, 그러면 취봉문도 함부로 하지 못했을 것이다.

멸문당한 신해문의 잔존세력들이 선무건 주위에 모여들어 신해문을 다시 일으키려 한다는 정보를 안성탁이 입수했던 것이 일 년 전의 일이었다.

그리고 선무건이 신해문의 잔존 세력들을 이끌고 영웅문 휘하에 들어갔다는 소문을 들은 것이 반년 전이었다.

그런데 바로 그 선무건이 지금 안성탁 면전에 너무도 당당한 모습으로 나타난 것이다.

예전의 선무건에 비하면 안성탁은 아무것도 아닌 존재다.

선무건이 열 살 아래 연하인데도 그와 마주치면 안성탁은 항상 스스로 아랫사람처럼 굴었었다.

선무건은 반년 전에 비해서 두 배 이상 고강해졌다. 영웅호위대 고수이기에 진천룡이 임독양맥의 소통과 벌모세수, 환골탈태를 시켜주었기 때문이다.

예전에 선무건은 백이십 년 정도의 공력이었으나 지금은 삼백 년 가까운 절정고수가 되었다.

안성탁은 선무건을 보는 순간 그가 절정고수가 되었다는 사실을 즉시 간파했다.

예전에 선무건은 태양혈이 우뚝 도드라졌으며 눈에서는 강렬한 안광을 뿜어냈었는데 지금은 무공을 전혀 모르는 사람처럼 초연한 모습이다.

그것이 초탈지경에 이르러 최소한 삼화취정에 들어선 고수의 모습이라는 것을 안성탁은 알고 있다.

안성탁은 예전에 선무건의 초식을 삼십초까지 감당할 수 있었으나 지금 겨룬다면 일초식도 받아내지 못할 터이다.

선무건이 조용한 목소리로 그러나 산악 같은 웅지를 담아 안성탁에게 경고했다.

"경거망동하지 마라."

'끙……!'

선무건이 진작 나섰다면 안성탁은 찍소리도 못 한 채 처분만 기다리고 있었을 것이다.

진천룡은 안병도를 내려다보며 조용히 말했다.

"저놈은 화정 이모와 태근 형님께 맡기겠다."

한쪽 옆에 옹송그리고 서 있는 손화정과 손태근은 진천룡이 '화정 이모'와 '태근 형님'이라고 말하자 화들짝 놀라서 그를 쳐다보았다.

진천룡은 두 사람에게 손을 뻗으며 친근하게 미소 지었다.

"두 분, 이리 오십시오."

안성탁을 비롯한 질풍보 사람들은 지금쯤 진천룡이 누군지 대강 짐작했다.

하지만 손화정과 손태근은 중간에 뇌옥에서 풀려나왔으며 또한 뒤늦게 혼절에서 깨어났기 때문에 진천룡에 대해서 짐작할 여유가 없었다.

다만 두 사람은 진천룡이 엄청난 인물일 것이라고 막연하게 추측하고 있을 뿐이다.

두 사람이 머뭇거리자 손명원이 등을 밀었다.

진천룡은 친근하게 두 사람의 팔을 잡고 자신의 양옆에 세우면서 말했다.

"저놈을 어떻게 처리하고 싶습니까?"

두 사람은 조금 전에 세수를 하러 갔을 때 손명원이 진천룡에 대해서 말하는 것을 들었다.

그 말에 의하면 진천룡은 이십오 년 동안 행적이 묘연했던 둘째 손하린의 아들이라는 것이다.

그렇지만 손화정과 손태근은 진천룡이 자신들의 조카이고 사촌 동생이라는 사실이 피부로 조금도 느껴지지 않았다.

그래도 손화정은 사태가 어떻게 돌아간다는 것쯤은 대충 계산하고 있었다.

그녀는 병남현 제일방파인 질풍보의 보주 안성탁이 제 입으로 조카 휘하에 들어가겠다고 말하는 것을 조금 전에 똑똑히 들었다.

그렇다면 한 가지는 분명하다. 저 안병도라는 개차반 자식을 마음대로 처리해도 된다는 것이다.

손화정은 안병도 앞에 우뚝 서서 발끝으로 그의 턱을 치켜 들었다.

"너, 아직도 우리가 누군가의 사주를 받고 널 죽이려 했다고 모함하고 싶으냐?"

안병도는 새하얗게 질려서 이마를 돌바닥에 쿵쿵 찧으면서 눈물 콧물을 마구 쏟았다.

"아… 아닙니다……! 소인이 눈이 멀어서 죽을죄를 졌습니다……! 부디 한 번만 용서해 주십시오……!"

안병도의 두 친구도 생사의 갈림길에서 미친 듯이 절을 하면서 용서를 빌었다.

손태근이 손화정 옆으로 다가오더니 안병도의 가슴팍에 냅다 발길질을 했다.

"이 자식아!"

퍽!

"와악!"

손태근은 연달아서 안병도의 두 친구에게도 가슴팍을 힘차게 내질렀다.

퍽! 퍽!

"흐악!"

"커흑!"

세 명은 허공으로 붕 날아갔다가 반 장 높이 축대 아래에 나뒹굴었다.

손태근은 분하다는 듯이 씩씩거리면서 손화정을 쳐다보며 물었다.

"정 고모, 저 자식들 죽여 버릴까?"

손화정이 그래도 되느냐는 듯이 진천룡을 쳐다보자 손태근도 그를 쳐다보았다.

진천룡은 빙그레 미소 지으면서 고개를 끄떡였다.

"두 분 마음대로 해도 됩니다."

손화정은 손태근에게 고개를 끄떡였다.

"그래도 된대."

"흐흥! 이놈들!"

손태근은 주먹을 움켜쥐면서 콧김을 뿜어냈다.

그때 안성탁이 눈물을 흘리면서 진천룡에게 애원했다.

"주군이시여……! 제발 속하의 아들을 살려주십시오……!"

그는 조금 전에 질풍보가 영웅문 휘하에 들었다고 진천룡을 주군이라고 불렀다.

진천룡은 뒷짐을 지고 수수방관하는 태도를 취했다.

"네 아들의 생사는 여기 두 분께 달렸으니 나는 모른다."

안성탁은 몸을 틀어 손화정과 손태근을 향해 연신 고개를 조아렸다.

"부디 자비를 베풀어서 내 아들을 살려주시오……!"

안성탁은 비 오듯이 눈물을 흘리며 간청했다.

"아들이 죽는다면 나는 죽을 때까지 가슴을 치면서 회한의 눈물을 흘리며 살아야 할 것이오……!"

손화정은 물끄러미 그를 굽어보고, 손태근은 눈살을 잔뜩 찌푸렸다.

"만약… 공자가 죽는다면 공자의 부모께선 얼마나 슬프겠소? 자식을 먼저 앞세워서 죽이고 어느 부모가 다리를 뻗고 잠을 잘 것 같소?"

손태근은 돌계단 아래에 쓰러져서 꿈틀거리고 있는 안병도를 가리키며 퉁명스럽게 말했다.

"만약 오늘 이 같은 일이 없었으면 저놈은 나를 죽였을 것이고 우리 부모님은 피눈물을 흘렸을 것이오!"

안성탁은 비통한 표정을 지었다.

"우매한 아들놈이 나 몰래 저지른 일이었소! 만약 내가 알았더라면 저놈의 다리를 부러뜨렸을 것이오!"

손태근은 그의 말이 사실이라는 것을 잘 안다. 질풍보주 안성탁이 강직하고 엄격한 성품이라는 사실은 병남현 사람이라면 잘 알고 있다.

안성탁의 애원에 손태근의 살기가 많이 누그러졌다.

그때 손화정이 진천룡을 보면서 아미를 살짝 찌푸리며 단도직입적으로 물었다.

"당신, 누구죠?"

진천룡은 빙그레 미소 지었다.

"손하린의 아들이고 당신의 조카입니다."

"그런 거 말고 당신 정체 말이에요!"

"정체라니… 그런 거 없습니다."

원래 끊고 맺음이 분명한 성격인 손화정은 날카롭게 빽 소리 질렀다.

"바보예요? 무림에서의 신분이 뭐냐고요!"

옥소가 싸늘하게 일갈했다.

"죽고 싶으냐?"

"……!"

손화정은 흠칫 놀라서 목을 움츠렸다. 그녀는 옥소가 절정 고수라는 것을 한눈에 간파했다.

진천룡은 옥소를 보며 웃었다.

"하하하! 소야! 너는 내 이모님에게 그러면 안 된다."

옥소는 공손히 허리를 굽혔다.

"잘못했습니다. 용서하세요."

그때 안성탁이 불쑥 입을 열었다.

"그분은 영웅문주 전광신수외다."

그는 손화정과 손태근에게 친절을 베풂으로써 아들이 선처 받기를 원했다.

"……."

손화정과 손태근은 멍한 표정으로 진천룡을 쳐다보았다.

손화정은 정신이 반쯤 나간 얼굴로 진처룡에게 직접 물었다.

"정… 말 당신이 영웅문주인가요?"

진천룡은 미소 지으며 공손하게 대답했다.

"그렇습니다, 화정 이모."

진천룡은 설옥군과 부옥령을 차례로 소개했다.

"이 사람은 본문의 태상문주인 철옥신수이고 이 사람은 좌호법인 무정신수입니다."

손화정의 얼굴이 흑빛으로 거메졌다.

'내가 무슨 짓을…….'

그녀는 진천룡이 자신의 조카라는 사실을 망각한 반면에 자신이 그에게 매우 불손한 행동을 취했다는 사실만 기억에 남아 있었다.

혼비백산한 손태근은 다리를 후들후들 떨다가 급기야 그 자리에 주저앉았다.

제 딴에는 배짱이 있으며 철석간담을 지녔다고 자부하는 손태근이지만 당금 천하 무림을 들었다 놨다 하고 있는 영웅삼신수 앞에서는 얘기가 다르다.

손화정도 다리가 와들와들 떨리며 금방이라도 주저앉으려는 것을 간신히 참았다.

그녀는 마른침을 삼킨 후에 말을 하려고 하는데 입속이 바싹 말라서 말이 나오지 않았다.

"죄… 죄송……."

거기까지 말한 그녀는 쓰러질 듯 크게 휘청거렸다.

진천룡은 즉시 손을 뻗어 손화정의 가느다란 허리를 감아서 슬쩍 끌어당겼다.

"조심하세요, 화정 이모."

"아……."

손화정은 진천룡의 가슴에 안긴 채 놀라서 그를 올려다보다가 화드득 놀랐다.

진천룡이 너무 잘생겼기 때문이다. 그녀는 이날까지 살면서 이토록 잘생긴 남자를 한 번도 본 적이 없었다.

진천룡이 조카지만 같이 살을 부대끼면서 살았어야지 조카처럼 느껴질 텐데 지금은 그저 낯설지만 너무도 잘생긴 남자로만 여겨질 뿐이다.

반면에 손화정을 어머니의 자매로만 여기는 진천룡은 그녀를 굽어보며 온화하게 미소 지었다.

"화정 이모, 제가 부족한 게 있더라도 이해하세요."

"아아……."

손화정은 눈앞이 하얘지더니 그대로 정신을 잃었다.

부친 손정산과 모친 선하련의 집안을 필두로 손향촌에서 다섯 집이 항주로 이사를 하겠다고 결정했다.

손향촌을 이루고 있는 오십여 호의 손씨들은 진천룡의 신분이 무엇이고 영웅문이 무엇인지 제대로 모른다.

다만 손정산의 둘째 딸 손하린의 아들 진천룡이 항주에 사는데 어마어마한 부자라는 사실만 알고 있을 뿐이다.

그거면 됐다. 시골에 사는 사람들에겐 삼시 세끼 배곯지 않고 잘 먹고 살면 그게 행복이고 부자인 것이다.

진천룡이 손향촌 오십여 호 전체가 항주로 이주를 해도 괜찮다고 말했는데 결론은 다섯 집만 가기로 한 것은 조금 뜻밖이었다.

거기에는 이유가 있다. 항주에 가서 잘 먹고 잘 사는 것도 좋지만 그래도 고향이 좋다고 하는 사람들이 꽤 있으며, 친지들이 먼저 항주에 가서 잘 사는 것을 보고 나서 나중에 가겠다는 사람들도 더러 있었다.

손향촌 입구에는 십여 대의 마차와 십여 대의 수레들이 줄지어 길게 늘어서 있다.

손향촌을 떠나서 항주 영웅문으로 이주할 다섯 집 사람들이 탄 마차와 이삿짐을 실은 수레들이다.

진천룡은 맨 앞 선두 마차 옆에서 어머니 손하린과 작별을 하고 있다.

손하린은 아들의 손을 꼭 잡고 놓을 생각을 하지 않으면서 말했다.

"싸우러 가는 거니?"

손하린은 무림에 대해서는 잘 모르지만 아들이 무슨 일을 하는지는 대충 알고 있는 듯했다.

진천룡은 빙그레 웃었다.

"싸우긴요, 그냥 볼일 보러 가는 거예요."

그는 어머니를 만난 지 채 열흘도 되지 않았는데도 마치 오래전부터 그녀와 같이 오순도순 살았던 것 같은 착각이 들 정도로 친숙해졌다.

"그래, 위험한 일은 다른 사람 시키고 너는 먼발치에서 구경만 해야 한다."

"알았어요, 어머니."

진천룡은 여기까지 온 김에 복주의 취봉문에 가서 한 가지 일을 처리하려고 했다.

복건성은 세 개의 문파와 방파가 지배하고 있었는데 어쩌다 보니까 그중에서 삼절맹을 휘하에 두게 되었다.

그러니까 이제부터 취봉문과 유마부와 직접 부딪쳐서 잘 해결을 하면 복건성을 장악하는 데 절반쯤은 성공했다고 할 수 있는 것이다.

『붕정대연가(鵬程大戀歌)』 14권에 계속…